BBULMEDIA

BBULMEDIA

스타라이프

스타라이프

1판 1쇄 찍음 2018년 2월 6일
1판 1쇄 펴냄 2018년 2월 13일

지은이 | 정사부
펴낸이 | 정 필
펴낸곳 | 도서출판 **뿔미디어**

편집장 | 김대식
기획 · 편집 | 문정흠

출판등록 | 2002년 9월 11일 (제1081-1-132호)
주소 | 경기도 부천시 원미구 소향로 17번길(두성프라자) 303호 (우) 14544
전화 | 032)651-6513 / 팩스 032)651-6094
E-mail | bbulmedia@hanmail.net
비북스 | http://www.b-books.co.kr

값 8,000원

ISBN 979-11-315-8806-2 04810
ISBN 979-11-315-8292-3 04810 (세트)

※파본은 구입하신 서점에서 교환하여 드립니다.

BBULMEDIA FANTASY STORY
스타라이프
정사부 현대 판타지 장편 소설
6

CONTENTS

Chapter 1

논란

심판이 켄고 무사시의 승리를 선언하자 열광하는 일본 관객들의 환호로 점철되던 경기장, 하지만 켄고 무사시의 비매너와 반한 감정을 자극하는 멘트에 참지 못하고 앞으로 나선 수현으로 인해 장내는 한순간에 침묵으로 점철되었다.

너무도 뜻밖의 사건이라 경기장에 있는 팬들은 물론이고, Kick—1 관계자들도 순간적으로 상황을 인지하지 못했다.

"입으로만 먹고사는 놈이 어디서 감히 전사들의 전장을 더럽히냐!"

켄고 무사시는 수현이 구둣발로 링 위로 올라오자 앞으로 나서며 소리쳤다.

그런 켄고 무사시의 말에 호응하듯 일본 관중들은 수현에게 야유를 보냈다.

"왜? 내가 올라오니 겁나나?"

하지만 수많은 일본인들의 야유에도 수현은 굴하지 않고 켄고 무사시를 직시하며 물었다.

조금 전까지만 해도 마리아 료코의 옆에 앉아 경기를 구경하는 수현의 모습에 정신이 팔려 한순간 경기를 망쳤을 정도로 흥분했던 켄고 무사시지만, 어느 정도 시간이 흐르고 나자 평정을 되찾았다.

아무리 흥분했었다지만 자신이 어떻게 경기를 역전시켰는지 인지하고 있었다.

한때 일본 격투기의 미래라고까지 불리던 자신이 경기 외적인 문제에 신경이 팔려 방심하다 경기를 망쳤다. 그로 인해 자신보다 기량이 떨어지는 선수에게 패할 처지가 되자 비열한 수로 승리를 꾀했다.

비록 경기는 심판의 편파 판정으로 자신이 승리했지만, 격투기 팬들은 나중에 자신이 반칙한 것에 대해 손가락질을 할 것이란 생각이 들었다.

그래서 과도하게 상대 선수를 비하하며 주변에 있는 일본인들을 더욱 흥분시켰는데, 뜻하지 않게 수현이 자신의 행동을 비난하고 나선 것이다.

전혀 예상치 못한 상황에 켄고 무사시는 걱정이 앞섰다.

앞에 서 있는 사람은 격투기 선수가 아닌 연예인이다. 그것도 자국의 연예인이 아니라 외국의 연예인 말이다.

상대가 자신의 비난에 겁먹고 가만히 있었더라면 문제가 되지 않았을 것이지만, 상대가 그것을 진실로 받아들이고 맞상대하러 나왔으니 이제 조용히 무마시키는 건 어렵게 되었다.

켄고 무사시는 당황하여 수현의 물음에 아무 답도 하지 못했다.

"다시 한 번 묻지! 방금 전 네 발언에 응할 테니 언제 시합을 할까? 네 말대로 난 지금도 괜찮은데?"

수현은 차분하게 자신의 생각을 켄고 무사시에게 던졌다.

계속되는 수현의 도발에 켄고 무사시는 이대로 넘길 수 없다는 생각을 하게 되었다.

'이런, 일이 이상하게 돌아가게 되었는데.'

켄고 무사시는 현재 곤란한 입장에 서 있었다. 격투기 선수로서, 일반인인 수현의 도발에 순순히 물러서는 것도 모양새가 좋지 않았지만, 프로이기 때문에 그가 그 도발에 응하는 것도 문제의 소지가 있었다.

도발에 호응을 하든 거절을 하든 켄고 무사시는 일단 그 이름값에 먹칠을 하게 된 것이다.

물론 그건 자신이 먼저 도발을 하였기에 남을 탓할 수도, 누구에게 하소연을 할 수도 없는 문제였다.

"네가 격투기 라이선스를 따고 오면 상대를 해주지!"

켄고 무사시는 순간 기지를 발휘하였다.

어떤 대답을 해도 자신의 커리어에 흠이 가는 상황에서 가장 흠집이 적은 답을 찾은 것이다.

"후후, 이제 와서 꼬리를 마는 모습이 자신의 잘못을 인정하는 개 같구나!"

프로 격투기 선수인 켄고 무사시를 보면서 수현은 무슨 자신감인지 그렇게 끝까지 도발을 하였다.

하지만 그것은 수현이 무모해서 그런 것이 아니다.

수현은 철저히 자신의 능력을 믿고 켄고 무사시의 도발에 대응하는 것이었다.

수현은 작년 데뷔한 이후로 자신의 상태 창을 확인하지 않았다.

그것을 보게 되면 또다시 자신이 인간이 아닌 느낌을 받을 듯해 확인하지 않는 것이다.

그러나 실제로는 시스템의 도움으로 인간의 범주를 벗어난 신체를 가지고 있었다.

프로 격투기 선수가 일반인보다 스탯이 두 배나 높다고 쳐도 수현은 그보다 1.5배나 더 스탯이 높았다.

스탯은 일정 수준을 넘어가면 1만 차이 나도 그 격차가 엄청나다.

단순히 힘이나 민첩이 1 오른 것 이상의 효과를 보이기 때문이다.

그런데 수현은 일반인의 세 배나 되는 스탯을 보유하고 있었다.

그것뿐만이 아니다.

수현은 신체 능력 외에도 특기인 태권도는 M(마스터) 상태이고, 드라마 울프독의 촬영에서 그가 맡은 첸 역할을 수행하기 위해 중국 무술인 태극권과 팔극권, 그리고 중국의 전설적인 액션 스타인 이소룡이 창시했다는 절권도의 모태가 되는 무술, 영춘권도 포인트를 이용해 상급의 수준으로 올려두었다.

물론 현대 격투기와 전통 무술은 다르다.

전통 무술이 강한 것은 맞지만 현대 격투기 룰 위에서 대결을 한다면 분명 전통 무술보단 격투기 쪽이 우세하다.

하지만 수현은 단순히 정신수양을 위해 태권도나 중국 무술을 배운 것이 아니다.

시스템의 보정으로 인해 수현이 배운 태권도나 중국 무술은 상당히 실전적인 형태로 변해 있었다.

그러한 것을 알기에 수현은 Kick—1의 미들급 강자인 켄고 무사시의 도발에도 자신감을 보이는 것이다.

한편, 자신이 좋아하는 스포츠인 이종격투기 시합을 보여주기 위해 호감 있는 수현을 초대했던 마리아 료코는 상황이 이상하게 돌아가자 걱정이 되었다.

한국의 아이돌 가수이자 연기자인 수현이 프로 격투기 선수인 켄고 무사시와 트러블이 생기게 된 것이 자신 때문이란 생각이 들었기 때문이다.

'켄고 무사시가 안하무인에 무뢰한인 것은 알고 있었지만 이렇게까지 커다란 문제를 일으킬 줄은 상상도 못했어! 역시 청혼을 거절한 것은 잘한 선택이었어!'

켄고 무사시의 청혼을 거절하길 잘했다고 안도하면서도 그녀는 한편으로 켄고 무사시와 대립 중인 수현의 뒷모습을 걱정스러운 눈으로 지켜보고 있었다.

'아, 그나저나 수현 상이 걱정이네!'

그들의 모습을 주시하는 건 마리아 료코만이 아니었다.

마리아 료코와 얼마 떨어지지 않은 기자석에서는 오늘 치러지는 대회에 취재차 나온 각 나라 취재진들이 지금 벌어지고 있는 소동을 긴급 속보로 내보내고 있었다.

일본 기자들은 느닷없이 난입한 수현의 방만한 행동을 비난하는 논조로 떠들어 댔고, 한국과 외국에서 온 외신기자들은 조금 전 치러진 켄고 무사시와 데니스 장의 편파적인 시합 내용과 그 뒤에 벌어진 켄고 무사시의 현대 격투기 기조에 반하는 민족 차별적인 트래쉬 토크, 그리고 그에 맞서는 수현의 모습을 여과 없이 송출하였다.

그런데 한국 기자들과 외신기자들의 관점은 그 방향이 달랐다.

켄고 무사시의 무분별한 태도를 비난한다는 점에서는 뜻을 같이했다. 다만, 수현이 한국 아이돌 가수이자 연기자라는 걸 아는 한국의 기자들은 현장 상황과 수현의 이야기에 중점을 두고 중계한다면, 다른 외국 기자들은 켄고 무사시의 시합과 그 이후에 보이는 설전을 눈여겨보고 있었다.

다다다다!

수현과 켄고 무사시의 설전이 계속되자 뒤늦게 정신을 차린 대회 관계자들이 대회 안전을 책임지는 가드들을 동원해 링으로 난입한 수현을 붙잡았다.

비록 켄고 무사시만큼의 덩치는 아니지만 187㎝나 되는 커다란 키에 단단해 보이는 몸을 가진 수현이었다. 다른 격투기 단체의 선수로 착각한 가드들이 혹시나 있을지 모를 불상사를 대비해 수현의 양옆에 서서 그의 팔을 붙잡았다.

상황이 이렇게 되자 수현은 양손을 들어 반항하지 않겠다는 제스처를 하고는 순순히 가드들을 따라 경기장 밖으로 나섰다. 물론, 자리를 완전히 뜨기 전 켄고 무사시에게 마지막 도발을 남기는 것을 잊지 않았다.

"네가 방금 전에 한 말에 책임을 져라! 난 언제든 준비가 되었다."

비록 마이크를 들고 있지 않았지만 수현의 성량은 결코 작지 않았기에 방금 전 그가 한 말은 장내에 크게 울렸다.

'와! 어쩜. 멋있다.'

가드들과 함께 출입구로 빠져나가는 수현의 뒷모습을 보며 마리아 료코는 순간적으로 아랫도리에 짜릿한 전율을 느꼈다.

그리고 그건 지금까지 그녀가 함께 잠자리를 한 어떤 남자에게서도 느끼지 못한 오르가즘을 느끼게 하였다.

"멋있어!"

자신도 모르게 작게 중얼거린 그녀는 무의식적으로 입맛을 다셨다.

거리가 점점 멀어짐에도 마리아 료코의 눈에는 그와 반대로 수현의 모습이 점점 크게 다가오는 순간이었다.

*　　*　　*

한국에서 Kick—1의 시합을 구경하고 있던 격투기 팬들은 난리가 났다.

이들이 일본에서 벌어지는 Kick—1 시합을 시청한 것은 전적으로 한국계 파이터 데니스 장이 미들급 타이틀 결정전에 도전하기 때문이었다.

물론 한국 격투기 선수도 몇몇 시합에 나오기는 하지만 결승전까지 갈 만한 실력을 가진 선수가 없기에 그나마 가능성이 있는 데니스 장을 응원하려는 것이다.

그러면서도 실질적으로 우승에 관해서는 비관적이었다.

미들급 챔피언인 마르코 루이스의 유일한 상대라 평가받고 있는 강자가 출전 선수에 포함되어 있기 때문이었다.

켄고 무사시, 일본인이라고는 믿기지 않는 빅 유닛이었다.

사실 그는 순수한 일본인은 아니었다. 일본인 아버지와 네덜란드인 어머니 사이에서 태어난 혼혈로, 어머니의 영향을 많이 받아 185㎝의 큰 키에 백인과 같은 커다란 골격을 가졌다.

격투기에 입문을 한 켄고 무사시는 자신이 가진 장점을 살린 플레이로 차세대 일본 격투기를 이끌 인재라 불렸다.

하지만 그게 독이 되고 말았다. Kick—1에서 승승장구를 하자 두 손을 봉인하고 싸우는 Kick—1은 시시하다며 종합 격투기의 정점인 WFC에 도전을 천명한 것이다.

자신의 홈 그라운드인 Kick—1를 버리고 WFC에 도전한 초반에는 꽤 선전했다. 하지만 자신의 재능에 지나치게 자만한 나머지 그는 그 뒤 치러진 경기에서 어이없는 패배를 하고 말았다.

그 뒤로도 자신의 실책을 깨닫지 못하고 코치진의 지시에도 따르지 않으면서 방만하고 독선적으로 시합을 치르던 켄고 무사시는 연패를 하게 되면서 결국 WFC에서 퇴출이 되었다.

WFC는 선수 계약에 있어 연패, 그것도 KO패에 대해선 엄격하게 제한을 둔다. 즉, 연패가 되면 경고를 먹고 3회 연속으로 패배를 하면 단체에서 퇴출이 되는 규정이 있었다.

그런데 켄고 무사시는 세 번째부터 5회까지 3연속 KO 패를 한 것이다.

당연히 WFC에서 계약대로 켄고 무사시를 퇴출시킬 수밖에.

그때서야 켄고 무사시는 자신이 어떤 잘못을 했는지 깨달았지만 이미 버스는 떠난 뒤였고, 설상가상으로 지시를 듣지 않는 그에게 그동안 관리하던 팀에서 계약 파기를 요청해 왔다.

그 때문에 켄고 무사시는 한동안 자질 문제가 불거지면서 팀을 찾지 못해 방황을 하였다.

그러다 지금의 팀을 만나 겨우 정신을 차리고 Kick—1에 재가입해 밑바닥부터 다시 올라오는 중이었다.

WFC 데뷔 초에도 켄고 무사시가 정신만 차리고 제대로 실력을 키운다면 충분히 컨텐더(도전자)가 될 것이라 평가됐었다.

그런 켄고 무사시가 정신을 차리고 챔피언이 되기 위해 연습을 하니 당연히 승승장구할 수밖에 없었다.

그 때문에 비록 데니스 장이 강자이기는 하지만 아직 켄고 무사시의 상대는 되지 못할 것이란 평가가 지배적이었다.

그럼에도 일본 선수와의 대결이라는 것 때문에 비록 한국이 아닌 미국 국적이지만 한국계인 데니스 장을 응원하기 위해 TV를 시청한 것이다.

그런데 경기가 시작되고 보니, 압도적으로 승부를 펼칠 거란 초반 예상과 다르게 켄고 무사시는 시합에 집중하지 못하고 아슬아슬하게 플레이를 이어갔다.

데니스 장이 그러한 빈틈을 놓치지 않고 파고들어 선전하면서 한국 팬들은 점차 우승에 기대를 걸고 있었다. 한데 결정적 순간, 켄고 무사시가 비열하게도 심판의 눈을 피해 데니스 장의 발을 밟고 공격하는 반칙을 벌였다.

뿐만 아니라 급소인 낭심을 니킥으로 공격하는 무자비한 공격에 이어서 쓰러진 데니스 장에게 사점 공격까지 시도했다.

다행히 그 공격은 심판의 개입으로 성공을 거두진 못했지만 살짝 빗맞은 충격만으로도 데니스 장이 일어나지 못해 KO패 당할 위기에 처하고 말았다.

그럼에도 한국 격투기 팬들은 일말의 기대를 걸고 있었다. 누가 봐도 켄고 무사시의 반칙이 난무한 더티 플레이였고, 마땅히 그의 몰수패로 판결 날 거라 예상한 것이다.

그러나 진짜 황당한 일은 그때부터였다.

시합 중 데니스 장의 공격에 켄고 무사시가 다운을 당했을 때 평소보다 늦은 카운트로 빈축을 샀던 심판이 어이없는 판결로 또다시 논란을 이끌어낸 것이다.

데니스 장의 부상으로 인한 켄고 무사시의 심판 직권 승이 그것이었다. 심판 직권 승이란 시합 중 심판이 가진 권한으로 선수의 안전에 크나큰 위험이 있을 것이라 판단이 되었을 때, 선수의 의사와 상관없이 심판의 재량으로 승패를 판가름하는 것이다.

분명 심판도 켄고 무사시가 데니스 장의 발등을 밟은 것을 보았다.

그래도 거기까진 시합 중 우연히 발생한 사건으로 여기고 넘어갔다 치자. 하지만 그 뒤에 벌어진 반칙들은 워낙 대놓고 펼쳐 보였기에 못 볼 수가 없음에도 일본 주심은 태연히 켄고 무사시의 손을 들어주고 말았다.

그 때문에 TV로 경기를 지켜보며 데니스 장을 응원하던 한국 팬들은 울화가 치밀어 흥분을 가라앉히지 못했다. 할 수만 있다면 TV 속으로 들어가 심판과 켄고 무사시의 멱살이라도 잡을 기세였다.

그런데 사건은 그것으로 끝이 아니었다.

켄고 무사시가 마이크를 들고서 반한적인 멘트로 트래쉬 토크를 쏟아내었다. 복장 터지는 상황에 더는 참지 못하고 TV를 끄려는데, 그때 마치 한국 팬들의 심정을 대변하듯 관중석에서 누군가 일어나 고함을 질렀다.

속 시원한 멘트에 후련해하며 한국 팬들은 그가 누군지 궁금해 다시 자리에 앉아 TV를 시청했다.

한국 팬들이 그 사람의 정체를 알아보는 데는 그리 오래 걸리지 않았다.

관중석에서 일어난 남자가 큰 소리를 지르며 링으로 향하는 모습이 카메라에 잡혔기 때문이다.

클로즈업된 그 남자는 바로 아이돌 그룹 로열 가드의 리더 수현이었다.

링으로 접근한 수현이 켄고 무사시와 펼치는 격한 입씨름을 하는 것을 보면서 한국의 팬들은 잊지 못할 카타르시스를 느꼈다.

수현의 거침없는 언변에 제대로 대응조차 못하는 켄고 무사시를 보자니, 켄고 무사시의 말도 안 되는 반칙과 심판의 눈살 찌푸려지는 편파 판정을 보면서 느꼈던 울분이 싹 씻기는 기분이었다.

그 결과, 수현의 이름이 인터넷 실시간 검색어에서 1위에서 10위까지 모든 차트를 점령했다.

수현, 수현&켄고 무사시, 수현 Kick—1 등등 여러 표제어가 검색어로 올라오는 것은 물론이고, 수현이 켄고 무사시와 말싸움을 하면서 도발하는 동영상도 인터넷에 올라오면서 수현의 이름은 더욱 많은 사람들에게 퍼지고 있었다.

하지만 이 소동을 모두가 반기는 것은 아니었다. 아무리 연예인은 유명해지는 게 좋다지만, 유명세가 항상 좋은 결과만을 가져오는 것은 아니기 때문이다.

그게 무슨 말인가 하면, 수현이 소속된 킹덤 엔터로서는 이 일이 엄청난 불덩이가 발등에 떨어진 것과 진배없는 상황이었다.

*　　　*　　　*

킹덤 엔터 사장실.

개인 일정으로 일본에 남아 있던 수현이 벌인 폭탄 발언으로 인해 킹덤 엔터는 때아닌 폭격을 맞았다.

한일 양국의 관계를 생각하면 일개 연예인이 너무 나댄 것이 아니냐는 비판적인 말도 있고, 또 다른 쪽에서는 켄고 무사시의 차별적이고도 무도한 망언에 대해 아주 속 시원하게 질러주어 좋았다는 의견도 많았다.

그 외에도 속은 시원했지만 공인으로서 적절한 발언은 아니었다는 의견도 있어 킹덤 엔터로서는 어떤 장단에 맞춰 사태를 수습해야 할지 갈피를 잡지 못했다.

그도 그럴 것이, 어느 한쪽으로 여론이 쏠린다면 킹덤 엔터에서도 그에 맞춰 적절하게 대응을 하여 사태를 수습해 보겠지만, 현재로서는 어느 한쪽으로 편중되지 않고 의견이

분분하여 선부르게 대응을 했다가는 오히려 자신들이 후폭풍을 맞을 위험이 있기 때문이다.

그래서 킹덤 엔터의 이재명 사장은 대책 마련을 위해 간부 회의를 소집하였다.

"그래서 김 전무는 어떻게 했으면 좋겠나?"

이재명 사장은 옆자리에 앉은 김재원 전무를 보며 물었다.

그래도 가장 측근이자 로열 가드를 총괄 지휘하는 김재원 전무의 의견이 중요하다 싶어 그의 생각을 물은 것이다.

"사장님께서 물어보시니 제 생각을 말씀드리겠습니다."

김재원 전무는 잠시 머뭇거리다 자신의 의견을 이야기하였다.

"현재 여론은 대체로 수현의 발언에 긍정적인 반응이 많습니다."

그가 조사한 여론의 통계에도 여러 의견들이 있었지만 그는 긍정적인 반응과 부정적인 반응 두 가지로 크게 분류해 놓고 어떻게 하면 자신들이, 그리고 조금 더 나아가 로열 가드와 수현이 욕을 먹지 않을까 고민하였다.

그리고 내린 결론은 현재 여론 상황이 자신들이 걱정하는 것보단 아주 긍정적이란 것이다.

수현이 평소 여느 아이돌처럼 자기중심적이고 사고를 치던 이라면 그렇지 않았을 것이지만, 수현은 처음 연예계 데뷔부터 무척이나 긍정적인 이미지를 가지고 있었다.

뿐만 아니라 데뷔 후 인기를 얻은 뒤에도 초심을 잃지 않고 언제나 바른 모습으로 팬들에게 긍정적인 에너지를 전달했다.

물론 그런 이미지를 심기 위해 킹덤 엔터도 많은 노력을 하였다.

그 덕분인지 일본에서의 폭탄 발언이 전파를 타고 전국으로 퍼진 뒤, 시원하게 잘했다는 반응이 대부분을 차지했다.

일부 부정적인 사고로 반대를 위한 반대를 하는 이들이나 연예인에게 무조건적인 악성 댓글을 다는 이들 외에는 거진 다 긍정적인 반응들이었다.

"여론은 저희에게 긍정적이니 그것을 걱정하기보단 수현이와 그 격투기 선수와의 시합을 받아들일지 거절할지 그 점을 생각해 봐야 한다고 판단됩니다."

"응? 그게 무슨 말인가? 어떻게 수현이와 격투기 선수를 시합시킬 생각을 해! 무조건 말려야지!"

아무리 수현이 그 자리에서 흥분해서 시합하자고 했다지만, 자신들은 그런 것에 연연하지 말고 수현을 보호하기 위해 말려야 할 입장이다.

그런데 회사 전무라는 사람이, 그것도 수현을 맡고 있는 김재원 전무가 시합을 언급하자 이재명이 놀라 소리친 것이다.

"물론 저도 시합은 반대하는 입장입니다. 하지만 사장님도 그동안 봐와서 아시겠지만 수현이는 절대 허튼소리를 하는 아이가 아닙니다."

그동안 로열 가드를 맡으면서 봐온 수현은 정말로 아주 사소한 것도 실없이 언급하는 사람이 아니었다.

그런 수현이 격투기 시합장에서 상대가 도발을 했다고 그렇게까지 격정적으로 대응을 했다는 것은 그만큼 자신이 있다는 소리였다.

비록 수현이 프로 격투기 선수는 아니지만 상당한 무술 실력을 가지고 있음을 아는 김재원으로서는 수현이 마냥 분위기에 취해 사고를 쳤다고 생각지 않고 있었다.

그리고 지금 김재원은 그것을 이재명에게 상기시키는 중이었다.

"음."

이재명 사장은 잠시 흥분을 멈추고 생각에 잠겼다. 김재원 전무의 의견을 듣고 보니 그 말이 틀린 건 아니었다. 그때 킹덤 엔터의 홍보부장인 박명환이 부정적인 표정으로 자신의 의견을 피력해 왔다.

"그렇다 하더라도 굳이 그자와 시합을 할 필요가 있습니까? 그자는 일반적인 프로 격투기 선수가 아닙니다. 수현이 혹 다치기라도 하면……!"

"그도 그렇지."

사실 이 자리에 있는 킹덤 엔터의 간부들 모두 알고 있다.

수현이 드라마에서 보여준 실력이 결코 픽션이 아니라는 것을, 실질적으로도 상당한 실력자임을 말이다.

그럼에도 이들이 이렇게 걱정하는 것은 수현과 함께 문제가 제기된 상대가 너무 강하기 때문이었다.

상대가 보통의 격투기 선수만 되었어도 이들은 수현을 그리 걱정하지 않았을 것이다.

하지만 상대는 Kick—1에서 미들급 1위로 챔피언 바로 밑에 위치한 강자였다.

비록 Kick—1이 예전만 못하다지만 그래도 일본 내에서는 수위를 차지하는 격투기 단체다.

그 때문에 상당한 실력자들도 많고 그중에서도 웰터급은 다른 격투기 단체들도 그렇듯이 가장 선수의 폭이 큰 체급이다.

그러니 걱정이 끊이지 않을 수밖에.

그나마 수현이 비벼볼 만한 것이 있다면, Kick—1의 룰이 종합 격투기 룰이 아니란 것이다.

Kick—1은 오픈 핑거 글러브를 착용하고 시합하는 것이 아니라 복싱처럼 손을 쓸 수 없는 글러브를 끼고 시합을 한다.

뿐만 아니라 종합 격투기에 비해 많은 제한이 있어 태권도 검은 띠를 가지고 있는 수현이 시합을 하기에도 그리 생소하지 않았다.

해서 마냥 반대할 일은 아니다 생각되어질 즈음, 김재원 전무의 발언에 힘을 실어주는 의견이 나왔다.

"아무리 상대가 격투기 1위라지만 수현이도 만만치 않습니다. 잊으셨어요?"

"응?"

갑자기 끼어드는 최유진의 말에 모두의 시선이 그녀에게로 쏠렸다.

"수현이가 비록 지금은 연예인이지만, 원래는 절 킬러에게서 보호해 주기 위해 계약한 보디가드였어요."

최유진은 이들이 잠시 잊고 있는 점을 상기시켰다.

수현이 처음 킹덤 엔터를 찾아왔을 때는 지금처럼 연예인이 되기 위한 것이 아니라 누군가가 고용한 킬러로부터 아주 민감한 주제의 영화를 찍는 최유진을 보호하는 경호원이 되기 위해서였다.

그리고 실제로 촬영장에서 불미스런 사고도 있었고, 최유진을 겨냥한 2차 테러가 시작되기 전 범인을 잡기도 했다.

"아! 그렇지."

이재명 사장은 최유진의 이야기를 듣고 몇 년 전 사건을 기억해 냈다.

"비록 비교 대상이 될 수는 없겠지만 프로 킬러에게서 절

보호하고 범인을 잡은 사람이 수현이에요."

장내에 있는 사장과 이사들을 돌아보며 최유진은 최대한 차분하게 이야기를 하였다.

"킬러를 이기기만 한 게 아니라, 완전히 제압하였습니다. 그게 얼마나 어려운 일인지는 굳이 언급하지 않아도 다들 아실 거라 생각합니다."

최유진은 아무리 상대가 격투기 선수라지만 수현도 결코 만만한 존재가 아니라 말하고 있었다.

그렇게 되자 이재명 사장의 머릿속은 더욱 복잡해졌다.

'하, 이거 고민되네. 그래도 프로 격투기 선수하고 대결이라니! 명색이 수현이는 아이돌인데!'

이재명 사장의 고민은 그것이었다. 수현의 본분은 아이돌이라는 것.

아이돌이 격투기를 하지 말아야 할 이유는 없다.

그렇지만 그는 엔터테인먼트 회사의 사장이었다. 어떤 선택이 회사와 소속 연예인에게 최대의 이익을 줄지, 유리한 편에 서서 판단을 해야 했다.

연예인은 인기를 먹고 산다. 그런데 인기란 것이 얼굴이 잘생겼다고 해서, 그리고 노래를 잘한다고 해서 생기는 것이 아니다.

노래 잘하고 얼굴 잘생긴 사람은 일반인 중에서도 많이 있었다.

단순 연예인이 아니라 스타가 되게 하고, 또 스타로 오래 지속시켜 그 결과물로 이득을 취하는 곳이 바로 엔터테인먼트 회사다. 그러니 어떤 선택이 수현에게 오래도록 인기를 안겨줄지 고려해야만 했다.

현재로서는 시합을 해도 좋고 하지 않아도 손해는 없었다.

다만 어떤 것이 수현에게, 그리고 자신들에게 더 이득이 될 것인지 판단하기가 어려운 상황이라 결론을 쉬이 내기 어려웠다.

"그럼 최유진 이사는 수현이 방송에서 선언한 대로 그자와 시합을 해야 한다고 생각하는 것인가?"

공식적인 자리였기에 이재명 사장은 최유진에게 이사라는 직책을 부르며 물었다.

"네, 이미 수현이는 전 세계로 방송되는 자리에서 공개적으로 시합을 하겠다고 천명했어요. 그러니 저희가 이 자리에서 어떤 결론을 내리든 팬들은 두 사람이 시합을 하길 원할 거예요."

"그렇지."

이재명 사장도 최유진의 이야기를 듣고 고개를 끄덕일 수밖에 없었다.

방송을 통해 벌어진 설전을 이미 전 세계에서 Kick—1을 시청하던 많은 사람들이 보았다. 회사로서는 소속 연예인인 수현을 중심으로 생각할 수밖에 없지만, 이번 일은 단순히 킹덤 엔터만의 문제가 아닌 프로 격투단체인 Kick—1의 일이기도 하다.

자신들이야 수현이 연예인이라는 것을 들어 시합을 받아들이지 않는다 해도 그리 큰 문제가 되지 않았다.

하지만 격투기 단체인 Kick—1은 달랐다.

지금도 격투기 팬들 사이에서 켄고 무사시의 반칙과 그 뒤 마이크를 들고 한 트래쉬 토크의 내용이 퍼지면서 그의 선수로서의 자질 문제와 이를 막지 못한 Kick—1 관계자들에 대한 성토가 득세하고 있다.

그래서 현재 Kick—1 집행부는 수현과 켄고 무사시 간의 설전을 두고 어떻게 해야 할지 전전긍긍하고 있었다.

두 사람이 벌인 설전대로 시합을 잡는 것도 논란의 여지가 있었고, 또 그렇다고 시합을 잡지 않는 건 사람들에게 더 많은 논란을 불러일으킬 소지가 있기 때문이었다.

"그런데 수현이는 뭐라고 하던가?"

이재명 사장은 이 문제가 자신들이 결정할 사항이 아니라 결론이 나자, 아직 일본에 남아 있는 수현의 입장에 대해 물었다.

"네, 수현이는 켄고 무사시와 시합을 해야겠다는 입장입니다."

한쪽에서 사장과 이사들이 하는 이야기를 듣고 있던 전창걸이 이재명 사장의 질문에 대답을 하였다.

이 자리에 낄 입장이 아님에도 전창걸이 대책 회의에 참석한 것은 전적으로 그의 직책이 수현이 포함된 로열 가드의 매니저이기 때문이었다.

사실 전창걸은 로열 가드의 일본 일정이 끝나기 무섭게 그들을 데리고 한국으로 돌아왔다.

수현은 울프독의 일본 수출로 인해 개인 스케줄이 들어와 일본 내 위탁 업체에서 보내준 매니저와 방송 몇 개를 한 뒤 나중에 들어오기로 하고 남았다.

물론 수현 혼자 달랑 일본에 남은 것은 아니었다.

로열 가드의 매니저 중 한 명이 함께 남아 있었다.

그 남아 있던 매니저에게 뒤늦게 벌어진 사건에 관해 전달받은 전창걸은 로열 가드 매니저들을 대표해서 이곳에 불려온 터였다.

수현을 제대로 케어하지 못한 잘못을 추궁받는 걸 각오하고 있던 전창걸은 그러나 회의가 예상치 못한 방향으로 흐른 덕분에 수현의 입장을 대변하는 것으로 무사히 상황을 모면하게 되었다.

*　　*　　*

격투기 팬인 마리아 료코에게 어느 날 갑자기 Kick—1

미들급 챔피언으로 유력시되는 켄고 무사시로부터 연락이 왔다.

물론 회사를 통해 들어온 연락이었다.

지금이야 드라마 주연을 하면서 인기를 얻고 있지만, 이제 30대로 접어든 그녀이기에 앞으로 언제 어느 때 지금의 자리에서 내려가게 될지 몰랐다.

그렇기에 회사에서는 차세대 격투기 챔피언으로 언급되고 있는 격투기 스타 켄고 무사시로부터 연락이 오자 그녀에게 언질을 주며 좋은 관계를 만들어보라고 권하였다.

마리아 료코도 자신의 현재 위치를 잘 알기에 마지못해 그를 몇 번 만나보았다.

처음 만남을 가졌을 때는 그런대로 좋은 인상을 받았다.

켄고 무사시가 격투기 선수이면서도 그녀를 대할 때 그리 거칠지 않고 매너 있는 모습을 보여주었기 때문이다.

하지만 그것이 위장된 가면이라는 것을 알기까지 그리 오래 걸리지 않았다.

그는 그녀와 만나면서도 또 다른 한편으로 다른 여자 연예인을 만나고 있었던 것이다.

마리아 료코의 프라이드로는 자신을 두고 양다리를 걸치는 켄고 무사시의 행태를 그냥 묵과할 수 없었다.

그래서 그녀는 일방적으로 관계를 정리했다.

그런데 켄고 무사시가 뒤늦게 만나던 여성과 관계를 정리

했다며 그녀를 찾아와 청혼을 하는 것이 아닌가.
마리아 료코는 매몰차게 그의 청혼을 거절했다.
하지만 그녀가 거절하면 할수록 켄고 무사시의 행동은 더욱 집요해졌다.
그래서 마리아 료코는 수현을 Kick—1 대회에 데려감으로써 자신의 곁에 켄고 무사시보다 훨씬 근사한 사람이 자리할 수도 있다는 것을 그에게 보여주고 싶었다.
설마 이런 일까지 벌어질 줄은 꿈에도 몰랐던 그녀는, 이 모든 게 자신의 탓인 듯하여 어찌할 바를 몰랐다.
"수현 상! 정말로 죄송합니다."
마리아 료코는 수현을 보며 사과했다.
"아닙니다, 마리아 상. 제게 사과를 하지 않으셔도 됩니다. 잘못은 마리아 상이 한 것이 아니라 그가 한 것이니까요."
수현은 마리아 료코를 성이 아닌 이름으로 부르며 그녀의 잘못이 아니라고 말했다.
그렇지만 마리아는 자신이 격투기를 구경하러 함께 가자고만 하지 않았어도 그런 일이 벌어지지 않았을 것임을 알기에 거듭 사과를 했다.
"아닙니다. 제가 구경을 가자고 해서. 죄송하게 됐습니다."
"휴우, 그래요. 물론 그곳에 가지 않았다면 그런 일을 겪지 않았겠지요."

수현은 뜻밖에도 거듭 사과하는 그녀의 말에 긍정하는 뜻을 비쳤다.

이런 반응을 예상 못한 마리아 료코는 표정이 살짝 굳어졌다. 그러나 수현이 정말 하고자 하는 말은 그 뒤에 이어졌다.

"그렇지만 겪지 않아도 좋았을 일을 겪었다고 해서, 그것이 구경 가자고 했던 마리아 상의 잘못이 될 수는 없는 겁니다. 그 일에 마리아 상의 의지는 전혀 들어 있지 않으니까요."

수현은 아무런 감정이 섞이지 않은 억양으로 거듭 설명하였다.

"그 일은 전적으로 켄고 무사시의 그릇된 인성으로 인해 벌어진 사고입니다."

사건의 발단이 누구에게 있는지 확실하게 짚어내는 수현이었다.

"그 시합이 있기 전까지 전 마리아 상이 초대해 준 덕분에 좋은 시합을 구경하고 있었습니다. 하지만 그런 좋은 기분을 망친 것은 반칙으로 승리를 도둑질했으면서도 뻔뻔하게 자신의 잘못을 인정하지 않고 오히려 한국인들을 모욕한 켄고 무사시입니다. 그러니 이 일에 책임이 있는 사람 또한 마리아 상이 아닌 켄고 무사시입니다."

"……그렇게 생각해 주셔서 감사합니다."

마리아 료코는 거듭되는 수현의 설명에 그가 자신의 사과를 받아주었다 판단하며 고마움을 담아 말했다.

"우리 이제 그런 꿀꿀한 이야기는 하지 말고 다른 이야기 하죠."

아무래도 이대로라면 료코가 계속해서 사과를 할 것만 같아 수현은 이야기의 주제를 다른 곳으로 돌렸다.

"마리아 상은 어떻게 생각하세요?"

"네? 뭘요?"

마리아 료코는 느닷없는 질문에 눈을 동그랗게 뜨며 물었다.

"저와 켄고 무사시가 시합을 벌인다면 어떻게 될지 생각해 보시지 않았나요?"

수현은 별거 아니란 듯 자신과 켄고 무사시의 시합에 대해 물었다.

하지만 수현이 모욕당하게 된 일을 사과해야 한다는 생각만 가득했지, 그녀는 단 한 번도 두 사람의 시합에 관해 생각해 본 적이 없었다.

수현은 연예인이지 격투기 선수가 아니지 않은가?

"한 번도 그런 것 생각해 본 적이 없습니다. 설마 수현 상은 그와 정말로 대결을 할 것입니까?"

마리아 료코는 황당한 표정으로 자신에게 질문을 하는 수현에게 도리어 되물었다.

"물론이죠. 한국인의 한 사람으로서 그런 모욕적인 말을 듣고 어떻게 참겠습니까?"

수현은 마리아 료코가 물어오는 질문에 당연하다는 듯 대답을 하였다. 그러자 그녀는 걱정이 가득한 얼굴로 수현을 말리려 들었다.

"수현 상, 쉽게 생각할 문제가 아닙니다. 켄고 무사시는 Kick—1에서 상당한 강자입니다. 그가 있는 체급에서 챔피언을 빼고 가장 강한 사람입니다. 아니, 현 챔피언도 객관적으로 그를 이길 수 없다는 이야기가 지배적입니다."

료코는 자신이 알고 있는 켄고 무사시에 대한 정보를 들려주며 그를 설득했다.

그렇지만 수현은 켄고 무사시와 데니스 장의 시합을 보면서 결코 자신이 그들보다 못하다 생각지 않았다.

아니, 프로 격투기 선수들의 시합을 보면서 오히려 자신의 신체가 가진 능력이 얼마나 대단한지 새삼 깨닫게 되었다.

"마리아 상, 너무 걱정하지 마세요. 제가 격투기 선수는 아니지만, 태권도 블랙 벨트예요. 그리고 여러 전통 무술도 배웠습니다. 결코 격투기 선수에게 질 것이라고 생각지 않아요."

수현은 입가에 미소를 지으며 자신을 불안하게 쳐다보는

마리아 료코에게 안심하라는 듯 부드럽게 이야기를 하였다.

그렇지만 수현의 말을 들으면서도 마리아 료코는 더욱 걱정스러운 표정을 지었다.

그도 그럴 것이, 전통 무술 고수들이 자신들의 강함을 증명하겠다며 격투기 선수들과 시합을 벌인 동영상을 그동안 많이 봤다.

무술하는 이들이 격투기 선수들을 압도적으로 제압하는 것도 있었지만, 대부분이 격투기 선수들의 압승으로 끝났다.

더욱이 무술 고수들이 승리한 동영상도 나중에 조작되었다는 사실이 알려지면서 전통 무술의 허상을 드러낸 바도 있었다.

그 때문에 격투기 마니아인 마리아 료코는 전통 무술을 배웠다는 수현의 말에 더욱 걱정이 된 것이다.

"제가 재미있는 것 보여 드릴까요?"

수현은 자꾸만 자신을 걱정하는 료코의 반응에 살짝 입꼬리를 올리며 말했다.

"네? 어떤 것을 보여주겠다는 것이죠?"

갑작스런 수현의 제안에 그녀는 바로 관심을 보였다.

동그랗게 뜬 눈으로 쳐다보는 마리아 료코의 모습은 도저히 연상이라고는 믿기지 않을 정도로 귀여웠다.

"그럼 잘 보세요."

수현은 미소를 지으며 이야기하고는 한쪽에 놓인 맥주병을 집어 들었다.

그리고 단호한 기합성과 함께 병목을 손날로 쳤다.

일명 당수라고 불리는 손날치기였다.

챙!

"어머!"

수현이 기합과 함께 손날치기를 하자 마치 유리칼로 병목을 오린 것처럼 맥주병의 목이 떨어져 나갔다.

그런데 마리아 료코가 기함을 한 것은 단순히 병목이 날아간 때문이 아니었다.

명색이 격투기 마니아인지라 그녀도 무술을 하는 이들이 이와 같은 시범을 보이는 것을 종종 봤었다.

하지만 수현처럼 예비 동작 없이 손목 회전만으로 날린 손날치기가 병목을 날리는 것은 처음 접해봤다.

더욱이 방금 전 수현이 날린 맥주병은 그녀가 사 온 것으로 사전에 조작할 수도 없었다.

그렇기에 이처럼 경악에 가까운 뜨거운 반응을 보인 것이다.

"어떻게 한 것입니까?"

마리아 료코는 너무나 신기해하며 수현에게 병목치기의 비밀을 물었다.

그런 료코를 보며 수현은 빙그레 미소를 지어 보였다.

"무술인들이 말하는 기가 절대로 허구만은 아닙니다. 다만 기를 수련했다고 떠드는 이들 중 대부분이 거짓말을 하거나 과장해서 말을 한 것뿐입니다."

"어머, 그럼 수현 상은 그 기라는 것을 가지고 있는 것입니까? 그래서 방금 전 그런 것도 할 수 있었던 것입니까?!"

기라는 말에 마리아 료코는 큰 관심을 보이며 질문했다.

"물론이죠. 기라는 것은 생명 에너지와 무척이나 연관이 큰 것으로……."

시스템으로 자신의 신체 능력을 볼 수 있는 수현이다. 그러니 기라는 허구에 대해서 그 누구보다 잘 알고 있었다.

많은 전통 무술을 수련한 사람들이 기라는 보이지 않는 에너지에 관해 언급을 한다.

하지만 수현은 시스템으로 인해 기라는 것이 없음을 알고 있었다.

방금 전 짧은 동작으로 병목을 쳐낸 것은 사실 오로지 뛰어난 신체 능력으로 인한 것이다.

일반인의 세 배가 넘는 힘과 민첩을 가지고 있는 수현이라 강한 힘과 빠른 스피드로 가는 병목의 한 지점에 힘을 집중한 것뿐이다.

유리라는 것은 그 재질의 특성으로 강한 충격에 결속이 쉽게 깨진다.

이러한 성질을 잘 알기에 수현은 간단한 차력으로 마리아 료코를 홀릴 수 있었다.

이를 알지 못하는 마리아 료코는 수현의 말에 홀딱 넘어가 눈을 초롱초롱하게 뜨며 수현의 설명을 듣고 있었다.

간단한 차력 시범으로 마리아 료코의 관심을 다른 데 돌리는 걸 성공한 수현은 병목이 날아간 맥주병을 들고 마리아 료코에게 내밀었다.

"이왕 땄는데, 우리 한잔하죠."

"네, 우리 한잔해요."

너무도 신기한 것을 본 마리아 료코는 흔쾌히 수현의 제안을 받아들였다.

콸콸콸!

챙!

잔에 맥주를 따른 두 사람은 잔을 부딪치며 건배를 하였다.

Chapter 2

소문난 잔치

파바박! 파바박!

요란한 셔터 누르는 소리와 함께 주변에서 카메라의 불빛이 요란하게 번쩍였다.

그런 사람들 속에서 테이블을 사이에 두고 마주 앉은 두 사람이 자신의 앞에 놓인 계약서에 사인을 하고 악수를 나눴다.

이들의 정체는 바로 수현이 소속되어 있는 킹덤 엔터의 사장 이재명과 이종격투기 단체인 Kick—1의 부사장인 하리모토 싱고다.

보름 전 Kick—1 미들급 경기 직후 벌어진 켄고 무사시와 수현 간의 설전으로 인해 양국의 격투기 팬들은 물론이고, 전 세계에 있는 격투기 팬들 사이에도 논란이 뜨겁게 불거졌다.

당시 켄고 무사시가 터트린 비상식적인 발언들이 방송을 타고 각국의 언어로 번역이 되면서 여론은 점차 켄고 무사시에 좋지 않게 돌아갔다.

물론 연예인인 수현에 대해서도 무조건적인 옹호만 있는 건 아니었다.

일부 격투기 팬들 중에는 격투기 선수도 아닌 연예인이 왜 격투기 선수가 벌인 쇼맨십에 나서서 논란을 일으키냐, 혹시 인기를 위해 노이즈 마케팅을 노린 것이 아니냐는 주장이 나오기도 했다.

그런 일부 팬들의 주장이 어느 정도 먹혀 들어간 것인지, 켄고 무사시와 수현 간의 설전을 두고 인터넷상에서 팬들 간에 치고받는 설전이 뜨겁게 벌어졌다.

상황이 이쯤 되자 수현의 소속사인 킹덤 엔터도, 그리고 켄고 무사시가 소속된 Kick—1 격투기 팀도 그냥 있을 수만은 없게 되었다.

이에 Kick—1이 합의에 나서면서 격투기 선수와 비격투기 선수 간의 이색 격투기 시합이 성사가 되었다.

그런데 시합 교섭이 이곳에서만 벌어지는 것은 아니었다.

격투기 시합이란 들어가는 돈이 어마어마하기에 한 경기

만으로는 시작도 할 수 없다.

일반적으로 격투기 시합은 방송에 나가는 경기 외에도 현장에 있는 팬들을 위해 서너 경기 더 진행을 한다.

그러니 Kick—1에서는 수현과 켄고 무사시의 경기를 진행하기 위해서는 치러질 경기의 수를 더 늘릴 필요가 있었다.

해서 Kick—1에서는 격투기 선수와 연예인 간의 대결이라는 특성 때문에 다른 경기의 구색을 어떻게 맞춰야 할지 고민이었는데, 뜻밖의 곳에서 구원의 손길이 뻗쳐 왔다.

그날 방송으로 켄고 무사시의 발언을 듣고 분노한 이들은 한둘이 아니었다.

그중에는 수현과 같은 연예인도 포함되어 있었다.

그 사람은 바로 코미디언인 윤비호였다.

KTV 소속 코미디언인 그는 프로그램에서 갑비호라는 캐릭터를 연기하고 있는데, 비호감 캐릭터를 아주 유머러스하게 표현해 인기몰이를 하고 있는 연예인으로 평소에도 격투기에 관심이 많았다.

그런 윤비호가 SNS를 통해 공개적으로 수현의 발언에 공감하고 지지를 표명하면서 자신도 그 시합에 나가고 싶다는 발언을 했다.

평소에도 격투기에 관심이 있고 또 실제로 한국의 격투기 단체에서 운동을 하고 있는 윤비호가 자신의 생각을 인터넷상에서 공개적으로 피력하자 Kick—1에서도 그를 눈여겨 보고 정수현과 켄고 무사시의 경기 외에 또 다른 공개 시합의 선수로 낙점하고 계약을 하였다.

이렇듯 켄고 무사시의 시합 후 발언에 불만을 가진 사람들 중 인지도와 격투기 실력이 어느 정도 있는 이들이 SNS를 통해 켄고 무사시의 발언에 옹호하는 이들에게 대거 시합을 제안하는 현상이 벌어지자 Kick—1은 발 빠르게 움직여 몇 건의 시합 계약을 더 잡았다.

그래서 사실 다른 계약들은 모두 끝난 뒤였다.

시합의 흥행을 위해 가장 사람들의 관심이 많이 쏠린 정수현과 켄고 무사시의 시합과 관련한 계약만을 미뤄두고 있었는데, 이번 공개적으로 마련된 자리에서 그 하나 남은 계약마저 모두 성사된 것이다.

"그럼 한 달 뒤 도쿄에서 보시죠."

Kick—1의 부사장 하리모토 싱고는 계약서에 사인을 마치고 맞은편에 앉은 이재명 사장에게 손을 내밀며 악수를 청했다.

"네, 그럼 한 달 뒤에 뵙겠습니다."

이재명 사장도 하리모토 부사장이 내민 손을 잡으며 그의 말에 대답을 하였다.

파박! 파박!

킹덤 엔터의 사장 이재명과 Kick—1의 부사장 하리모토 싱고가 계약을 체결하자 다시 한 번 주변에서 요란하게 사진을 찍으면서 요 몇 주간 인터넷을 달구던 이슈의 결과물이 세상에 공개되었다.

* * *

팡! 팡!

트레이닝복을 입은 사람이 링 위에서 코치가 대주는 미트를 치고 있었다.

그런데 미트를 때리는 선수나 그에게 미트를 대주는 코치의 얼굴은 무척이나 낯이 익었다.

그랬다. 링 위에 있는 선수와 코치는 바로 올 8월 14일에 시합을 하는 수현과 켄고 무사시와 얼마 전 시합을 벌였던 데니스 장이었다.

데니스 장이 미트를 잡고 있는 이유는 다름 아니라 수현의 시합을 도와주기 위해서다.

비록 수현이 태권도와 중국 무술을 배웠다고 해도 격투기는 또 다른 종목이다.

이종격투기인 Kick—1은 Kick—1만의 룰이 있기에 이를 잘 알고 있는 이가 옆에서 코치를 해줘야 하는데, 데니스 장이 수현을 도와주겠다고 나섰다.

자신의 시합을 보고 상대인 켄고 무사시의 부당함을 성토

하는 수현에게 감동을 받은 그가 도우미를 자처한 것이다

그리고 수현이 연습을 하는 이곳은 바로 한국에 있는 데니스 장의 연습장이었다.

비록 데니스 장이 미국 국적을 가지고 있기는 하지만 데니스 장의 주 활동 무대가 바로 아시아이기에 미국이 아닌 한국에 팀을 꾸렸던 것이다.

데니스 장은 한국계라는 점이 알려지면서 한국의 TV에도 출연하며 반 연예인 대우를 받고 있었다.

실제로도 그는 공중파와 케이블 TV에서 몇 개의 프로그램에 출연을 한 바 있었는데, 오늘도 한 케이블 TV에서 찾아와 수현과 데니스 장의 훈련 모습을 촬영하는 중이었다.

"콤비네이션—B."

미트를 대주던 데니스 장이 큰 소리로 외쳤다.

그러자 수현이 순간적으로 빠르게 연타를 날리기 시작했다.

팡! 파방 팡팡!

첫 번째 로우 킥을 시작으로 얼굴로 짧은 왼손 오른손 원투, 이어서 왼손 옆구리와 오른손 훅이 빠르게 날아갔다.

"콤비네이션—D."

수현의 연타가 끝나기 무섭게 데니스 장은 또다시 지시를 내렸다.

팡! 팡! 퍽!

조금 전 로우 킥에 이어 빠르게 공격을 하던 콤비네이션—B와는 다르게 이번 공격은 조금 느린 속도였지만 보는 것만으로 그 파괴력이 엄청난 공격이었다.

왼손 잽에 이어 오른손 스트레이트와 그 뒤에 한번 상체를 U자로 흔드는 위빙 동작과 함께 한 번 회피 동작을 하고, 뒤이어 빠르게 안쪽으로 파고들어 점핑을 하며 무릎 공격인 니킥을 하였다.

"와!"

연습하는 수현의 모습을 지켜보던 XTV 채널 감독은 자신도 모르게 감탄성을 터트렸다.

"대단하죠?"

언제 다가왔는지 데니스 장 선수의 코치인 김창렬이 김진수 감독에 물었다.

질문을 받은 김진수 감독은 시선도 돌리지 않은 상태에서 고개를 끄덕이며 대답을 하였다.

"그러네요. 정수현 정도면 상당한 것 같은데, 전문가인 코치님이 보시기에는 어떻습니까?"

김진수는 20~40대 남성들을 주 타깃으로 하는 남성 채널을 표방하는 케이블 채널 XTV의 감독으로 있으면서 그동안 상당히 많은 격투기 경기를 보았다.

이종격투기는 물론이고, 종합 격투기 중계도 많이 해봤기에 링 위에서 미트를 치고 있는 수현의 동작을 보면서 수현의 실력을 어느 정도 가늠할 수가 있었다.

"말해 무엇 하겠습니까. 정말 제가 몇 년만 더 일찍 저 사람을 알았더라면 Kick—1이 아니라 WFC를 도전해 봤을 것입니다."

김진수 감독의 질문에 김창렬 코치는 눈도 깜박이지 않고 링 위를 주시하며 대답하였다.

그런 두 사람의 대화를 들은 것인지 근처에서 훈련하던 사람들도 하나둘 훈련을 멈추고 링 위를 쳐다보았다.

팡! 팡팡!

가벼운 잽과 원투 스트레이트가 리드미컬하게 미트를 치는 소리가 울렸다.

그러다 데니스 장의 구령에 맞게 콤비네이션 공격이 들어가기도 했다.

데니스 장은 미트만 대주는 것이 아니라 간간이 기습 공격을 하면서 수현이 공격에만 정신을 쏟지 않고 방어에도 신경을 쓰도록 만들었다.

이는 실제로 격투기 선수나 복싱 선수들이 훈련 때 하는 방식이었다.

아마추어들을 훈련시킬 때는 굳이 이렇게까지 할 필요 없이 타격에만 맞게 미트를 대주면 되지만 시합을 앞둔 선수에게는 방어도 신경 써서 훈련을 시켜야 한다.

그런데 딱히 방어 훈련이라는 것이 따로 할 수 있는 방법은 없다.

시합 중 상대가 '이제 공격을 할 테니 막아!' 라고 알려주고 공격을 하는 것이 아니기 때문이다.

그러니 훈련 중 최선의 방법은 공격 연습을 하는 중간중간 코치가 임의로 상대 선수처럼 행동을 하는 수밖에 없는 것이다.

이를 데니스 장이 아주 적절하게 행하고 있어 지켜보던 김창렬 코치는 데니스 장이 나이가 들어 지도자가 되어도 잘할 것이란 생각이 들었다.

덜컹!

많은 사람들이 사각의 링에서 훈련하는 수현의 모습을 지켜보고 있을 때, 체육관의 문이 열렸다.

또각! 또각!

체육관의 분위기와 맞지 않는 맑게 울리는 구두 발자국 소리에 사람들의 시선이 출입구로 쏠렸다.

"아!"

"예쁘다."

사람들은 자신도 모르게 감탄성이 섞인 감상을 중얼거렸다.

"안녕하세요."

체육관의 문을 열고 들어온 사람은 바로 아시아의 여왕이라 불리는 최유진이었다.

최유진은 보름 뒤 격투기 시합을 치르기 위해 맹훈련을 하고 있는 수현을 응원하기 위해 매니저인 이소진과 함께 이곳을 찾아온 것이다.

"아, 네. 안녕하세요."

최유진의 인사에 가장 먼저 정신을 차리고 인사를 한 것은 그래도 방송가에서 미녀들을 많이 접해 본 김진수 감독이었다.

"그런데 최유진 씨가 여긴 어쩐 일로?"

느닷없는 톱스타의 출연에 김진수 감독은 눈을 반짝이며 물었다.

그러면서 그는 체육관 한쪽에서 촬영을 하고 있는 카메라맨에게 수신호를 보내며 최유진의 등장을 담으라고 지시를 내렸다.

"호호, 저 수현이 응원 왔어요."

"응원이요?"

"네, 제가 수현이랑 엄청 친하거든요. 그런 수현이 우리나라를 대표해서 무례한 그 일본 선수와 시합을 한다는데 응원을 와야죠."

최유진은 생글생글 미소를 지으며 대답을 하였다.

케이블 TV에서 나와 수현의 연습을 촬영한다는 것을 이미 들어 알고 있던 그녀다.

그래서 괜한 실수 없이 자연스럽게 질문에 답을 한 것

이다.

만약 카메라가 없었더라면 최유진은 수현에게 달려가 속에 담긴 것들을 솔직히 토로했을 것이지만, 주변에 사람도 많고 또 이번 훈련과 시합까지 모두 케이블 TV를 통해 송출되기에 이번에는 조심스럽게 접근을 하였다.

"우리 수현이 잘하나요?"

최유진은 수현이 이곳에서 연습을 시작하면서 종종 이곳을 찾았었다.

그렇기에 데니스 장의 코치인 김창렬과도 이미 통성명을 한 사이라 편하게 질문을 던졌다.

"물론이죠. 전에 제가 그러지 않았습니까? 수현 씨는 아이돌을 할 것이 아니라 격투기 선수를 했어야 한다니까요."

최유진의 질문을 받은 김창렬은 조금 전보다 더 기분이 UP되어 대답을 하였다.

"그래도 상대가 인성은 몰라도 실력은 챔피언이 유력시되는 사람이라던데."

"뭐…… 그렇긴 하죠."

김창렬도 사실 그것이 걱정되었다.

그는 그동안 이종격투기와 종합 격투기 선수들을 육성하면서 수현처럼 천재적인 자질을 가진 사람을 본 적이 없었다.

하지만 그것과 별개로 현 상태에서 그가 보는 관점으로

수현이 현 Kick—1 미들급 1위인 켄고 무사시와 시합을 하는 건 계란으로 바위를 치는 것이라 보았다.

물론 자신이 데리고 있는 데니스 장이 켄고 무사시보다 실력이나 기량 면에서 상대가 되지 않는다는 평가에도 불구하고 압도적인 모습을 보이긴 했다.

하지만 그것은 코치인 자신이 세컨을 보면서 느낀 바에 따르면 켄고 무사시가 평소와 따르게 딴 데 정신을 팔고 시합에 집중하지 못해 벌어진 일이었다.

만약 평상시대로였다면 켄고 무사시는 데니스 장이 아무리 시합 중 각성을 했다고 해도, 현 시점에서는 이길 수 있는 상대가 아니었다.

물론 이번 시합을 통해 한 1년 정도 더 훈련을 한다면 데니스 장이 켄고 무사시와 해 볼 만하다는 판단은 내릴 수 있었다.

그 때문에 데니스 장이 정수현의 시합에 도우미를 자처했을 때도 흔쾌히 승낙을 하였다.

다음 Kick—1의 미들급 챔피언으로 유력시되는 켄고 무사시의 경기를 가까이에서 한 번이라도 더 지켜보는 것이 실력 쌓는 데 도움이 될 것이란 판단 때문이었다.

"그런데 다른 사람들은 어때요?"

최유진은 체육관 안을 돌아보며 물었다.

현재 이곳 체육관에는 수현 말고도 이번 시합을 대비해

훈련하는 사람들이 많았다.

SNS를 통해 수현의 행동에 지지를 표명한 개그맨 윤비호도 이곳에서 훈련을 하고 있었고, 또 아이돌 스타 파이브의 멤버인 성동훈도 있었다.

윤비호도 그렇고, 성동훈도 평상시 격투기 마니아로 알려진 연예인들이다.

그런데 성동훈은 조금 입장이 달랐다.

윤비호가 자신이 직접 SNS를 통해 수현의 발언을 지지하며 자신도 시합을 하겠다고 선언을 한 반면, 동훈은 소속사인 마루 엔터의 사장 정이루의 강요에 의해 시합을 하는 입장이었다.

마루 엔터의 사장인 정이루는 여론이 한일 감정으로 발전하면서 이슈화되자 평소 격투기에 관심이 많은 것처럼 홍보를 했던 성동훈에게 시합을 나가라고 지시를 하였다.

그도 그럴 것이, 평상시 격투기 마니아로 매주 빼먹지 않고 격투기 훈련을 한다고 홍보를 했던 것 때문에 팬들 사이에서 그런 요구가 많았기 때문이다.

만약 이런 상태에서 성동훈이 발을 뺀다면, 격투기 마니아는 그저 스타 파이브를 홍보하기 위한 구호일 뿐이라는 것이 알려질 것이기 때문에 어쩔 도리가 없었다.

어차피 시합의 승패는 상관이 없었다.

정이루 사장에게는 자신이 데리고 있는 성동훈이 시합을

했다는 것이 중요할 뿐이었다.

시합에서 이기면 이기는 대로 홍보할 수 있을 것이고, 또 지면 지는 대로 이를 아름답게 꾸며 성동훈과 함께 그가 소속된 그룹을 홍보할 수 있었다.

더욱이 케이블 TV와 계약을 하여 훈련 과정부터 시합까지 방송으로 내보내기에 자동으로 홍보 효과가 커졌다.

실제로도 케이블 채널 XTV를 통해 훈련 과정이 송출되면서 수현이나 수현이 속한 로열 가드, 그리고 개그맨 윤비호와 함께 성동훈 또한 인지도가 확 올라갔다.

수현이나 윤비호는 이미 이전부터 이름이 알려졌지만, 성동훈은 사실 이번 이종격투기 시합으로 인해 인지도를 확 끌어올린 케이스다.

스타 파이브가 인기 아이돌 그룹이기는 하지만 스타 파이브 안에서 성동훈의 인지도는 사실상 바닥이나 마찬가지였다.

막말로 없어도 무방한 멤버였는데, 이번 일로 인해 그의 주가가 급상승하였다.

그 바람에 성동훈이 포함된 스타 파이브의 출연료도 상당히 올라 소속사인 마루 엔터의 사장 정이루를 기쁘게 하였다.

*　　　*　　　*

챙!

와인이 담긴 잔이 부딪히고 맑은 소리를 냈다.

"그래, 자신은 있는 거야?"

최유진은 와인 잔을 기울이며 수현에게 물었다.

"당연하죠."

와인을 음미하던 수현은 잔을 떼며 대답하였다.

"그 사람 무척 강하다던데?"

맞은편에 앉아서 조용히 와인을 마시고 있던 이소진이 물었다.

이들 세 사람은 언젠가부터 주기적으로 최유진의 집에서 이렇게 와인 파티를 하였다.

물론 와인 파티라 해도 와인만 마시는 것은 아니었다.

때로는 소주에 삼겹살, 또 때로는 독한 양주에 치즈나 비스킷 종류의 가벼운 안주를 가지고 파티를 하기도 했다.

"물론 그 단체 체급 1위이니 강하긴 하죠. 그렇지만 전 더 강해요."

수현의 대답은 단호했다.

자신이 더 강하다는 것을 힘을 주어 대답을 한 것이다.

이는 수현이 켄고 무사시를 무시해서 그런 것이 아니라 자신의 능력을 객관적으로 보고 판단한 결과였다.

실제로도 이 세상에 수현을 능가할 사람은 거의 없었다.

물론 수현이 우연한 사고로 시스템이란 것을 받았던 것처럼, 이 세상에 수현과 같은 기적이 아주 없을 것이라 단정할 수는 없다. 그러나 수현은 켄고 무사시와 데니스 장의 시합을 보며 자신의 상대인 켄고 무사시는 그런 시스템의 축복을 받은 대상은 아니라 결론짓고 걱정을 내려놓았다.

"누나, 저 아시잖아요."

수현은 은근한 눈빛으로 이소진을 보며 말했다.

그런 수현의 말에 이소진도 고개를 끄덕였다.

그녀가 수현의 대답에 수긍을 하는 것은 다 이유가 있었다.

그것은 한 사건 때문이다.

수현이 아직 연예인이 되기 전, 최유진의 경호원으로 있을 때의 일이었다.

밤늦게까지 촬영을 하고 돌아오던 길에 그녀가 타고 있던 밴이 고장이 났다.

아니, 정확히는 연료통에 구멍이 나는 바람에 누수가 된 것이었다.

중간에 기름이 떨어지는 바람에 차가 서고 말았는데, 표지판을 보니 주유소까지 아직 상당한 거리가 남아 있었다.

수현이 홀로 주유소까지 다녀오자니 인적이 뜸한 곳에 여자들만 남겨두고 가는 것이 마음에 걸렸다.

당시 최유진을 노리는 자들이 있었기 때문이다.

그러니 경호원인 수현이 최유진의 곁을 떠날 수는 없는 것이다.

그렇다고 매니저인 이소진이 혼자 갈 수도 없는 상황에서 수현은 그 먼 곳까지 힘으로 밴을 밀고 가서 기름을 채웠다.

일반 자동차만 해도 상당한 무게를 가지고 있어 그 먼 거리를 밀어서 이동한다는 건 보통 사람이 할 수 있는 일이 아니다.

그런데 연예인들이 타고 다니는 대형 밴의 무게는 승용차보다 더 무겁다.

그 크기와 연예인들의 편의를 위해 구비된 옵션들로 인해 무게는 더욱 무거워진다.

그럼에도 수현은 그 무거워진 밴을 밀어서 주유소까지 이동을 한 것이다.

당시 밴이 주유소 앞에 도착했을 때 황당한 눈빛으로 바라보던 그곳 직원의 모습은 아직도 이소진의 기억에 남아 있었다.

"그, 그렇지."

그뿐만이 아니다. 수현이 힘만 센 무식한 사람이 아니라 웬만한 사람은 명함도 못 내밀 정도로 각종 무술도 상당한 실력자라는 것을 알고 있기에 이소진의 대답은 그렇듯 가볍게 흘러나왔다.

"너, 너무 방심하는 것 아니야?"

하지만 최유진은 수현이 너무 방심을 하는 것이 아닌지 걱정이 되었다.

"아니요. 전 절대 방심한 것이 아니에요. 자, 보세요."

수현은 대답을 하면서 오른팔을 들어 이두박근에 힘을 주었다.

겉보기에 호리호리해 보이던 수현이 힘을 주자 마치 가뭄에 논바닥 가라지듯 근육들이 세밀하게 갈라져 꿈틀거렸다.

"음."

"아음."

그 모습에 비록 알코올 도수가 약한 와인이라고 하지만 벌써 두 병 이상을 비운 상태인 최유진과 이소진이 자신도 모르게 비음을 냈다.

이미 수현과 육체관계를 맺은 최유진은 물론이고, 수현에게 호감은 있지만 수현과 최유진의 관계를 알고 호감을 접기 위해 노력하고 있는 이소진은 그가 이렇게 종종 매력을 어필할 때면 자신도 모르게 더욱 수현에게 빠져들고 있었다.

*　　*　　*

늦은 시각, 세 사람만의 저녁 와인 파티가 무르익어 갈

즈음, 이소진이 잠시 자리를 비운 사이 최유진이 수현의 곁으로 다가와 작은 목소리로 귓속말을 하였다.

"애들은 엄마 집에 갔어!"

비록 도수가 낮은 와인이라고 하지만 분위기에 취해 정신없이 먹다 보니 최유진은 어느새 잔뜩 취해 있었다.

그러다 보니 평소에는 이성으로 막아놓았던 욕망이 마구 솟아 나왔다.

"알았어요."

좋은 사람과 함께하다 보니 분위기를 맞추기 위해 수현도 와인을 참 많이 마셨다.

하지만 특별한 신체로 인해 수현은 그 정도로는 취하지 않았다.

그렇지만 수현도 피 끓는 청춘이고 또 유진과 처음 관계를 가졌을 때와 다르게 이제는 그녀도 자유의 몸이다.

그래서 자신을 원하는 최유진을 수현도 거부하지 않았다.

그렇지만 수현은 최유진이 오늘 왜 이 자리를 마련한 건지 진짜 이유를 전혀 알지 못하고 있었다.

수현은 그저 일본 활동으로 정기 모임을 가지지 못한 것 때문에, 그리고 자신의 시합을 응원하기 위해 마련한 자리라고만 알고 있을 뿐이었다.

하지만 오늘 와인 파티는 평소 정기적으로 가지던 모임이 아닌, 수현이 일본에서 다른 여자(마리아 료코)와 잦은 만

남을 가졌다는 이야기를 전해 듣고 특별히 만든 자리였다.

그래서 최유진이 더욱 적극적으로 수현을 유혹해 온 것이다.

"언니! 전 너무 많이 마신 것 같아요. 먼저 좀 쉴게요."

화장실을 다녀온 이소진은 술기운과 함께 밀려드는 졸음을 참을 수 없어 먼저 자리에서 일어났다.

"수현아, 알아서 들어가라!"

이소진은 그렇게 최유진과 수현만을 남겨두고 가끔 피곤할 때면 사용하는 손님방에 들어갔다.

그런 이소진의 모습을 잠시 지켜보던 두 사람은 자연스럽게 두 눈이 마주쳤다.

이제 둘만의 시간이었다.

*　　　*　　　*

와! 와!

휘! 휘익!

도쿄 돔, 일본 최초의 돔구장으로 야구장이면서 공연장으로도 사용이 되는 곳이었다.

8월 14일. 한창 야구 시즌이지만 오늘은 야구가 아니라 특별 공연, 아니, 한국과 일본 양국을 대표하는 선수들이 이종격투기 시합을 벌일 예정이다.

5만 석 규모의 거대 공연장이지만 현재 이곳 도쿄 돔에는 엄청난 숫자의 격투기 팬들이 몰려와 만원을 이루고 있었다.

그럴 수밖에 없는 것이, 오늘 시합이 단순한 이종격투기 시합이 아니기 때문이다.

비록 시합을 주체하는 단체가 아주 규모가 큰 단체는 아니지만 한때 세계 최고의 종합 격투기 단체인 WFC와 어깨를 나란히 하던 Kick—1이기에 격투기 팬들은 종합 격투기와 다른 이종격투기의 추억을 꿈꾸며 이곳을 찾았다.

그 때문인지 경기가 펼쳐지는 중앙의 링을 잘 볼 수 있는 R석과 S석은 비싼 티켓 값에도 불구하고 빈자리가 하나도 없을 정도로 모두 들어찼다.

그렇다고 일반석에는 빈자리가 있는가 하면 또 그렇지도 않았다.

일반석은 물론이고, 링 주위에 임시로 마련한 3천 석의 자리도 빈자리 하나 없이 들어차서 마치 콩나물시루를 보는 듯했다.

"쪽바리 새끼들."

수현과 윤비호 등 연예인이면서 이번 경기에 출전하는 선수들의 세컨을 봐주기 위해 온 김창렬은 조금 뒤에 시작될 본 경기에 앞서 벌어지고 있는 경기에 함성을 지르고 좋아하는 일본인들을 보며 작게 중얼거렸다.

그가 일본인 격투기 팬들을 보면서 이렇게 일본인들을 비하하는 말을 하는 것에는 다 그럴 만한 이유가 있었다.

바로 관중석 곳곳에서 군국주의의 상징인 욱일기가 펄럭이고 있기 때문이었다.

그것도 손으로 흔들 수 있는 작은 깃발이 아니라 마치 2002년 한일 월드컵 당시 한국의 축구 팬들이 제작한 거대한 태극기처럼 거대한 욱일기를 만들어 흔들고 있었다.

이종격투기 코치로 한국에서보다는 일본에서 시합을 할 때가 많아 자주 일본에 왔지만 이런 모습은 그도 처음이었다.

오늘 시합은 Kick—1에서 주최를 하지만 랭킹이나 그런 것에는 전혀 영향을 주지 않는 말 그대로 이벤트 경기다. 그럼에도 그가 평소 익히 알던 평범한 격투기 시합이 아니라 인터넷에서 꼴통들이 떠들던 국가 대항전이 되어버린 듯했다.

그런데 김창렬이 이렇게 화를 내는 것은 욱일기가 보이기 때문만이 아니었다.

관중석에는 오늘 시합을 구경하기 위해 온 한국인도 상당수 있었다. 하지만 그들의 손에는 아무것도 들려 있지 않았다.

물론 처음부터 아무것도 들려 있지 않은 것은 아니었다.

수현을 비롯하여 한국을 대표해서 나온 선수들을 응원하

기 위해 한국인 관중들은 태극기를 준비해 왔었다.

그렇지만 이들이 자신의 좌석에 앉아 준비한 태극기를 꺼내 들기 무섭게 진행 요원들이 다가와 경기장 안전을 위해서라며 모두 뺏었다.

그래서 한국을 응원하는 사람들의 손에는 아무것도 들려있지 않은 것이다.

“형! 무슨 일로 또 그렇게 입이 댓 발 나와 있는 겁니까?”

데니스 장은 자신의 코치인 김창렬의 붉어진 얼굴을 보며 농담을 건넸다.

데니스 장이 한 말이 농담임을 알면서도 김창렬은 Kick—1의 불공정한 경기 진행에 불만을 가지고 욕하던 중이라 분통을 터뜨리며 소리쳤다.

“저기 봐라! 내가 열 받지 않을 수 있는지!”

그런 김창렬의 목소리에 데니스 장은 그가 가리키는 곳을 쳐다보았다.

하지만 한국계 미국인인 데니스 장은 김창렬의 말뜻을 이해하지 못했다.

그의 눈에 들어온 것은 일본인들이 자신의 나라 국기를 흔들고 있는 모습이었기 때문이다.

김창렬이 화를 내는 이유를 알 수가 없었던 데니스 장은 그 옆에 빈손으로 앉아 있는 한국인들을 보고는 나름대로 이유를 생각해 냈다.

"왜? 한국 팬들이 일본인들처럼 태극기를 흔들며 응원하지 않아서 그런 거야?"

"아, 넌 저걸 모르겠구나!"

김창렬은 데니스 장이 자신의 질문에 엉뚱한 대답을 하자, 그의 이해를 돕기 위해 자세히 설명을 해주었다.

"네가 잘못 알고 있는 것이 있는데, 저기 흰 바탕에 붉은 원만 덩그러니 있는 것이 일본 국기고, 그와 비슷하게 생겼지만 붉은 원 주위에 가지처럼 줄이 있는 것은 일본 국기가 아니라 2차 대전 당시 독일군, 아니, 나치의 상징인 갈고리 십자가, 하켄크로이츠하고 똑같은 일본 군국주의 상징이야!"

"네? 저게 일본 국기가 아니라 하켄크로이츠하고 같은 것이라고요?"

"그래, 너처럼 미국이나 유럽인들은 잘 모르겠지만, 우리나라나 중국 등 아시아 국가에서는 치가 떨리는 상징이다."

김창렬은 자신의 설명에 놀라는 데니스 장을 보며 욱일기에 대해 자세히 설명을 해주었다.

그러면서 일본이 아직도 2차 대전 당시의 잘못을 인정하고 있지 않음을 재차 설명하였다.

"내일이 바로 8월 15일 광복절이다. 우리에게는 식민지에서 벗어난 광복절이지만, 일본에서는 어떻게 불리는지 아냐?"

자신을 쳐다보는 데니스 장에게 김창렬은 다시 한 번 질문을 하였다.

"잘 모르겠는데요."

아무리 한국계라고는 하지만 태어나고 자란 곳이 미국이다 보니 데니스 장은 한국에 관해 자세한 사정은 알지 못했다.

그런 그를 보며 김창렬은 다시 한 번 자세히 설명을 들려주었다.

"2차 대전에서 패하고 항복문서에 서명을 한 날이기도 한 이날을 일본인이 부르는 명칭은 종전 기념일이다."

"네?"

"종전기념일이라고!"

김창렬의 설명에도 데니스 장은 그 뜻을 쉽게 이해하지 못했다.

"그게 무슨 뜻입니까?"

"그러니까 미국과의 전쟁에서 패한 것이 아니라 그냥 전쟁을 종식한 날이라는 것이야! 패전일이 아니라 전쟁이 끝났고, 그것을 기념한다는 소리지. 그리고 웃긴 것이 뭐냐면 이날 일본인들이 2차 대전 당시 일본군의 군복과 무장을 하고 퍼레이드를 한다는 것이야! 더군다나 그 퍼레이드의 종착지가 바로 2차 대전을 일으켰던 전범들의 위패가 모여 있는 야스쿠니란 사원이다!"

"네! 그게 말이 돼요? 어떻게 그런 것을 기념할 수 있고, 또 축제를 벌일 수 있어요? 더욱이 전범을 사원에 모신다니, 말도 안 돼요."

데니스 장은 김창렬이 자신의 코치이긴 하지만 상식적으로 그 이야기는 말이 되지 않는다 생각이 되어 소리쳤다.

"훗! 못 믿겠으면 어디 내일 한번 확인해 봐라!"

그렇게 김창렬은 자신의 말에 반신반의하는 데니스 장을 뒤로하고 자신이 코치를 해야 할 선수들이 있는 대기실로 걸어갔다.

그런 김창렬의 뒷모습을 조용히 지켜보는 데니스 장의 눈에는 아직도 그 말을 믿을 수 없다는 눈빛이 역력했다.

그도 그럴 것이, 미국에서 교육을 받은 그로서는 상식적으로 이해가 되지 않는 소리였기 때문이다.

'아무리 코치님의 말씀이지만 도저히 믿을 수 없는 이야기야!'

복도를 걸어가는 김창렬의 뒷모습을 보며 데니스 장은 그렇게 생각을 하였다.

하지만 데니스 장이 자신의 코치의 말이 사실이라는 것을 알기까지는 그리 많은 시간이 걸리지 않았다.

*　　　*　　　*

퍽! 퍽!

"크러치 해!"

김창렬이 목소리가 쉴 정도로 고함을 질렀다.

하지만 링 안에서 시합을 하고 있는 성동훈은 그런 김창렬의 애타는 고함 소리를 듣지 못했는지 연신 상대 선수에게 두들겨 맞고 있었다.

와! 와아! 와!

"やっつけろ(죽여라)!"

관객석 어딘가에서 일본어로 죽이라는 소리가 울렸다.

그러자 그 주변에서 그 소리를 따라 연신 죽이라는 목소리가 파도처럼 울려 퍼졌다.

일본인들은 마치 뭔가에 홀린 것마냥 붉게 물든 눈빛으로 광기 어린 함성을 질러댔다.

"이 새끼야! 붙으라고! 네가 샌드백이야! 맞지 말고 붙잡아!"

연신 일본인 선수에게 얻어맞고 있는 성동훈을 보며 답답한 나머지 김창렬의 입에서 급기야 욕이 튀어나왔다.

그제야 자신의 코치인 김창렬의 목소리를 들었는지 연신 맞고만 있던 성동훈이 상대인 일본인 선수를 붙잡았다.

하지만 성동훈의 위기는 아직 끝난 것이 아니었다.

Kick—1은 종합 격투기가 아니기 때문에 서브미션 기술을 사용할 수가 없다.

그렇지만 몸이 붙어 있는 상태라고 공격을 할 수 없는 것은 아니다.

성동훈이 위기를 벗어나기 위해 바짝 붙어 몸을 끌어안았지만, 상대 선수는 무릎을 이용해 허벅지 공격을 해왔다.

"윽!"

성동훈은 그런 상대 선수의 공격을 흘리지 못하고 계속해서 당했다.

하지만 붙잡고 있는 손을 놓을 수는 없었다.

그렇게 했다가는 상대방에게 집중 난타를 당할 것이 뻔했기 때문이다.

땡!

이때 공이 울리며 라운드가 끝났다.

5분 3회전으로 치러지는 이번 경기에서 성동훈은 이제 겨우 1라운드가 끝났지만 마치 지옥이라도 경험하고 온 듯 온몸이 땀으로 젖어 있었다.

"견딜 수 있겠어?"

"……."

심적으로야 포기하고 싶었지만 성동훈은 쉽게 대답을 할 수가 없었다.

그는 한국에서 이종격투기 선수는 물론이고, 종합 격투기 선수와도 몇 차례 시합을 해보았다.

그 때문에 상대가 비록 외국인 선수라고 하지만 자신이 있었다.

그렇지만 막상 실전에 들어가니 상대 선수는 지금까지 그가 알던 선수들과는 너무도 달랐다.

그는 지금까지 동훈이 상대해 본 그 어떤 선수들보다 훨씬 센 선수였다.

동훈이 듣기로 그 체급에서 그리 각광받고 있는 순위의 선수가 아니라 했음에도 말이다.

사실, 동훈이 모르고 있는 게 있었다.

그가 기존에 상대했던 선수들이 실력이 없어 그에게 진 것이 아님을 말이다.

어차피 연예인이라 자신들과 사는 세계가 다른 성동훈을 상대로 자신들의 기량을 모두 보일 필요도 없는데다가, 기존에 마루 엔터에서 뒷공작까지 해놓았었다. 오로지 아이돌인 성동훈을, 아니, 성동훈이 포함된 스타 파이브란 그룹을 띄우기 위한 마케팅일 뿐이었기에 그런 결과가 벌어진 것뿐이었다.

그러한 사실도 모르고 성동훈은 실력으로 상대 선수들을 이겼다고 믿고 자신하고 있었다.

제 실력을 제대로 알지 못했던 탓에 동훈은 본래 느꼈을 좌절이 더욱 크게 다가왔다.

성동훈의 시합은 1라운드에서 마무리되었다.

코치인 김창렬이 시합 포기를 뜻하는 수건을 던졌기 때문이다.

그가 보기에 동훈은 눈빛이 죽어 있어 시합을 더 해봐야 가망이 없어 보였다.

질문에 대답하지 못하는 성동훈을 보며 김창렬은 그가 이미 시합을 포기했음을 느꼈다.

프로 격투기 선수의 공격을 잘못 맞았다가는 생명의 위협까지는 몰라도 부상으로 인해 연예인으로서의 생명이 끝날 수도 있었다.

굳이 프로 격투기 선수도 아니고 연예인인 그에게 무리하게 시합을 시키는 건 범죄를 저지르는 일이라 생각해 김창렬은 시합 포기한 것이다.

땡! 땡! 땡! 땡!

코치의 시합 포기 선언에 경기 진행석에서 요란한 공 소리가 울렸다.

시합이 끝났음을 알리는 소리였다.

그 과정을 모두 지켜본 성동훈이었지만 그는 김창렬에게 화를 내지 않았다.

아니, 내심 다행이란 생각을 하였다.

'다행이다. 내 다시는 격투기를 하나 봐라!'

성동훈은 진짜 격투기의 무서움을 몸소 깨닫고 다시는 격투기 시합에 나가지 않겠다는 다짐을 하였다.

그렇게 한국 대표로 나온 연예인들 중 가장 먼저 시합을 한 성동훈은 1라운드를 마치고 시합 포기로 패를 하였다.

*　　　*　　　*

와! 와!

"그래, 잘한다."

"갑비호, 넌 할 수 있다."

"그래, 성동훈이처럼 포기하면 안 된다."

성동훈에 이어 또 다른 연예인 대표인 윤비호가 시합을 하고 있었다.

그런데 이번에는 첫 시합인 성동훈의 시합과는 양상이 달랐다.

성동훈이 상대 선수에게 별다른 힘도 써보지 못하고 일방적으로 맞다가 2라운드 들어가기 전 수건을 던진 것과 다르게 윤비호는 매 라운드마다 치고받으며 접전을 벌였다.

그리고 마지막 라운드인 3라운드에서 상대 선수의 안면에 정타를 날리며 맹공을 펼치고 있는 중이었다.

이를 보며 한국에서 온 관광객들은 윤비호를 연호하고, 또 일부는 방송 캐릭터인 갑비호를 언급하며 목이 터져라 응원을 하였다.

"와! 저 형 무지 잘하네!"

대기실에 설치되어 있는 TV를 통해 지켜보고 있던 윤호가 작게 중얼거렸다.

현재 수현이 있는 대기실에는 수현만 있는 것이 아니라 수현의 훈련을 도와준 데니스 장과 수현이 소속된 아이돌 그룹인 로열 가드의 멤버들이 모두 있었다.

원칙대로라면 시합을 앞둔 선수의 집중을 위해 혼자 두고 모두 밖으로 나가 있는 것이 보통이다.

하지만 수현은 보통 사람이 아니었기에 굳이 정신 집중을 위해 그러한 것이 필요하지 않았다.

해서 로열 가드 멤버들, 그리고 데니스 장과 함께 자신의 시합 전까지 앞서 시합하는 선수들의 경기를 관람하고 있는 중이다.

"야, 몰랐어? 저기 비호 형이 학창 시절에는 알아주는 일진이었대!"

윤호의 말을 옆에서 들은 성민이 자신만 아는 특별한 정보라는 듯 은근한 목소리로 윤비호의 학창 시절 일진설을 떠들었다.

그런 성민의 이야기에 윤호는 눈을 동그랗게 뜨며 물었다.

"일진?"

"응, 너 못 들어봤어? 비호 형 연예인 3대 쌈짱이라고 불리는데."

성민은 그것도 모르냐는 듯 친구인 윤호를 보며 소리쳤다.

"연예인 3대 쌈짱? 그건 또 뭐냐?"

옆에서 성민과 윤호의 이야기를 듣고 있던 수현이 물었다.

시합을 보는 것보다 윤호와 성민이 하는 이야기를 듣는 것이 더 흥미로웠기 때문이다.

"아, 그거요. 연예계 3대 쌈짱이 뭐냐면요."

성민은 자신의 우상이자 리더인 수현이 자신의 이야기에 관심을 보이자 눈을 반짝이며 그것에 대한 설명을 하기 시작했다.

"연예인 3대 쌈짱이 누구누구냐 하면 첫 번째가 씨름 천하장사 출신으로 국민 MC라고 불리는 강동호 형님이고요, 두 번째는 윤비호 형님인데요. 비록 TV에서는 개그맨으로 웃기게 나오지만 격투기 마니아로 한국에 있는 격투기 단체인 로드 파이터 선수로도 종종 시합을 한대요. 그리고 마지막은 얼마 전부터 격투기 선수에서 은퇴를 한 김동한 형이에요."

"야! 그럼 김동한 형이 1등 아니야? 왜 3등이야!"

이야기를 듣고 있던 윤호가 성민을 보며 따졌다.

물론 씨름 천하장사 출신인 강동호나 한국의 격투기 단체에서 시합을 했던 윤비호가 싸움 잘하는 것으로 유명한 것은 맞다.

하지만 작년까지 종합 격투기 선수로 WFC에서 20위권까지 진입을 했던 김동한이 세 번째라는 것은 쉽게 납득을 할 수 없는 순위였다.

"내가 3대 쌈짱이라 했지, 순위가 그렇다고 했냐?"

따지는 윤호에게 성민도 지지 않고 소리를 질렀다.

"아! 미안!"

그게 미안한 일인가는 모르겠지만 윤호는 자신에게 큰소리치는 성민을 보며 사과를 했다.

"조심해!"

성민은 턱을 살짝 올리며 윤호에게 경고를 했다.

"이게."

마치 호가호위를 하듯 자신에게 으스대는 성민의 모습에 윤호는 참지 못하고 달려들었다.

"이것들이 지금 어떤 때인데 장난질이야!"

조용히 막내 윤호와 성민의 모습을 관망하던 정수가 소리쳤다.

평소 자신들과 어울려 나이에 안 맞게 까불거리던 박정수가 느닷없이 호통을 치자 깜짝 놀란 윤호와 성민이 하던 짓을 멈추고 그를 쳐다보았다.

"지금이 니들 장난칠 때냐! 이것들이 때와 장소를 구분할 줄도 모르고……."

정수는 평소와 다르게 무척 긴장된 표정으로 수현의 눈치를 살피고 있었다.

그런 정수의 모습에 장난을 치던 성민과 윤호는 목을 움츠리며 덩달아 수현의 눈치를 보았다.

그들도 수현의 시합 상대에 대해 잘 알고 있었다.

그리고 세간의 평이 어떻다는 것도 들어 알고 있다.

그 때문에 일부러 수현의 긴장감을 풀어주기 위해 제 딴에는 주의를 끈 것이지만, 정수의 이야기를 듣다 보니 자신들이 잘못 생각한 것 같았기 때문이다.

"뭐 막내들의 장난이 재밌는데, 그걸 왜 막아!"

자신의 눈치를 보는 동생들의 모습에 수현은 방긋 미소를 지으며 말했다.

와아!

괜히 자신의 눈치를 보는 동생들에게 수현이 괜찮다는 말을 하려는 때, 갑자기 밖에서 커다란 함성 소리가 들렸다.

'무슨 일이 벌어진 것이지?'

윤호와 성민의 만담에 정신이 팔려 TV에서 신경을 껐던 이들은 밖에서 들린 함성 소리에 본능적으로 TV 모니터로 시선을 던졌다.

그리고 곧이어 모니터 안에 보이는 사각의 링 바닥에 누군가 쓰러져 있는 모습을 확인하였다.

"와!"

그 순간, 대기실에 있던 사람들은 누구 할 것 없이 큰 소리로 함성을 질렀다.

링 바닥에 쓰러져 있는 사람이 윤비호가 아니라 상대 선수인 일본인이기 때문이다.

"와, 역시 연예인 3대 쌈짱이라 불릴 만하네요."

"그럼 어떻게 되는 거야? 이번 시합까지 합산하면 우리나라가 두 명 이기고 두 명 졌으니 2:2네!"

성민이 눈을 깜빡이며 윤비호의 승리하는 모습을 지켜보다 외쳤다.

아무 생각 없이 현재까지 진행된 시합의 스코어를 언급하는 성민을 향해 윤호가 깜짝 놀라 소리쳤다.

"야!"

"아! 미안! 수현 형, 죄송해요."

성민은 윤호가 무엇 때문에 자신에게 소리친 것인지 금세 깨닫고 얼른 수현에게 사과했다.

"하하, 괜찮대도."

수현은 별거 아니라는 듯 자신에게 사과하는 성민을 위로했다.

똑! 똑!

"수현 씨, 곧 시합이랍니다. 준비하시랍니다."

원활한 경기 진행을 위해 통역사가 일본인 경기 진행 요원을 대신해 알려주었다.

"네!"

수현은 통역사에게 간단히 대답하며 자리에서 일어났다.

그러자 대기실에 있던 모든 사람들이 수현의 뒤를 따라 일어나 경기장으로 향했다.

*　　　*　　　*

"지금부터 오늘의 마지막 경기인 일본의 켄고 무사시 선수와 한국의 아이돌 정수현 간의 시합이 있겠습니다."

경기 진행을 맡은 아나운서가 이전 시합의 흔적을 치운 링 위에 올라와 진행을 하고 있었다.

와! 와!

"빨리 진행해라!"

관객들은 몇 번의 피 튀기는 시합을 보다 보니 흥분해 마구 소리를 질러댔다.

"블루 코너, 한국에서 온 정수현!"

우! 우우!

수현이 소개가 되자 그를 응원하는 함성 소리보단 야유를 하는 소리가 월등히 크게 울려 퍼졌다.

그도 그럴 것이, 이곳은 일본의 심장인 도쿄였고, 현재 경기가 진행되는 도쿄 돔을 찾은 관중들 중에는 수현을 응원하는 한국인 관광객보단 켄고 무사시를 응원하는 일본인의 숫자가 압도적으로 많았다.

"레드 코너 Kick—1 미들급 랭킹 1위 켄고 무사아~시이!"

와아! 와아!

장내 아나운서는 수현을 소개할 때와 다르게 켄고 무사시를 소개할 때는 무척이나 장황하게 소개를 하였다.

그에 고무된 것인지 일본인 관객들은 큰 소리로 그에 호응을 보냈다.

"크크크, 조센징! 그 반반한 얼굴을 뭉개주겠다."

켄고 무사시는 관객들의 함성 소리를 듣고는 마치 자신이 다 이긴 것처럼 거들먹거리며 수현을 조롱했다.

"병신, 머리가 원숭이냐! 아직도 우리나라를 조선이라 부르다니. 잘 들어라! 내 조국은 대한민국이다. 이 쪽, 발, 이야!"

수현은 켄고 무사시의 말을 받아 일본어로 정확하게 그의 말을 반박하며, 오히려 한국인들이 일본인을 비하할 때 쓰는 쪽발이라는 단어를 딱딱 끊어 강조를 했다.

그런 수현의 발언에 켄고 무사시는 잘 알지는 못하지만 그 단어가 결코 좋은 뜻이 아님을 억양에서 짐작할 수 있었다.

"뭐! 이 은혜도 모르는 미개한 족속이."

켄고 무사시는 자신을 무시하는 듯한 수현의 말투에 전형적인 우익들이 한국인들을 보며 하는 억지 주장을 폈다.

"시합을 거행하겠습니다."

수현과 켄고 무사시의 입씨름이 길어질 듯하자 진행이 서둘러 시합 개시를 알렸다.

수현의 세컨을 보기로 한 김창렬 코치와 데니스 장이 링 밖으로 나가고, 켄고 무사시의 스텝들도 링 밖으로 나갔다.

이에 주심이 시합을 시작하기 전 수현과 켄고 무사시를 링 중앙으로 불러서 경기 규칙을 설명했다.

"반칙 안 된다. 급소인 낭심을 공격해선 안 된다."

"알겠습니다."

"어서 시합이나 시작해!"

수현은 주심의 설명에 성실히 대답하는 반면 켄고 무사시는 조금 전 자신을 놀린 것에 흥분해 수현을 노려보며 심판에게 소리쳤다.

땡!

심판이 서둘러 설명을 끝내고 신호를 보내자 시합의 시작을 알리는 공이 울렸다.

수현은 격투에 앞서 왼손을 들어 터치 글러브를 하려고 하였다.

하지만 상대인 켄고 무사시는 매너인 터치 글러브를 하지 않고 먼저 기습 공격을 해왔다.

터치 글러브를 하지 않는다고 해서 반칙은 아니었다.

하지만 격투기 선수들이 시합에 앞서 터치 글러브를 이유는 서로 열심히 준비를 했으니 반칙하지 말고 페어플레이를 하자는 의미였다.

그런데 이미 흥분한 켄고 무사시는 수현과 그럴 마음이 없었다.

원래 처음 성사된 계기부터 정상적이지 않았고, 수현에게 앙금이 깊었던 켄고 무사시는 시합보다 자신의 분노를 수현에게 표출하는 것이 더 중요한 목적이었다.

예상치 못한 순간에 이뤄진 켄고 무사시의 공격에 놀란 관중들이 탄성을 지르며 그다음 결과를 주시하는 가운데, 몇 초도 지나지 않아 한 명이 쓰러지며 링 위에 긴 몸을 눕혔다.

너무도 순간적으로 벌어진 일이라 떠들썩하던 장내는 순간 숨소리 하나 들리지 않을 정도로 조용해졌다.

믿기 어려운 광경이라 장내에 자리한 모든 사람들의 머릿속으로 조금 전 벌어진 장면이 다시 한 번 스쳐 지나갔다.

비매너적인 켄고 무사시의 기습 공격은 실패로 돌아갔다.

아니, 실패를 넘어선 실책이었다.

기습적으로 들어오는 켄고 무사시의 오른손 훅을 수현은 마치 예상이라도 한 듯 머리 뒤로 흘리고, 그대로 몸을 반 바퀴 회전을 하면서 오른발 뒤 후리기를 하였다.

퍽!

수현의 오른발 뒤 후리기가 정확하게 켄고 무사시의 오른쪽 관자놀이에 들어가며 난 소리였다. 수현의 오른발 뒤 후리기의 위력이 얼마나 강한지 증명하듯 큰 울림이었다.

그사이 몸이 굳은 듯 꼼짝 않던 켄고 무사시는 곧이어 마치 고목이 쓰러지듯 앞으로 쓰러졌다.

쿵!

이번에도 어김없이 묵직한 울림이었다.

휘익!

주심이 곧바로 수현과 켄고 무사시의 사이로 파고들며 둘을 갈랐다.

그런 다음, 링 바닥에 쓰러진 켄고 무사시의 상태를 살피고는 두 손을 펼쳤다 엇갈리며 시합을 종료시켰다.

쓰러진 켄고 무사시가 정상적으로 시합을 속개할 수 없는 상태라 판단한 것이다.

그도 그럴 것이, 보통 KO를 당했을 때 뒤로 쓰러지거나 주저앉는 경우는 주심이 조금 더 살피며 싸울 수 있는지 선수에게 의사를 물어본다.

하지만 지금처럼 공격을 받은 선수가 앞으로 쓰러지는 경우에는 쓰러진 선수의 눈꺼풀을 열고 들여다본 뒤 주심은 빠르게 판단을 내린다.

왜 그러냐 하면, 방금 전처럼 앞으로 쓰러지는 경우에는 선수가 의식을 잃기 때문이다.

만약 때를 놓쳤다가는 선수의 생명에도 큰 지장을 줄 수 있기에 주심이 바로 판단하는 것이다.

와아!

한국에서 온 관객들이 모여 있는 좌석 쪽에서 커다란 함성이 울려 퍼졌다.

너무도 순식간에 벌어진 일이라 조용히 지켜보던 그들은 심판이 바로 시합을 중지시키는 신호를 보내자 수현이 Kick—1의 미들급 1위의 강자를 이겼다는 것을 깨닫고 일제히 함성을 지른 것이다.

사실 모두가 켄고 무사시의 승리를 예견했었다.

전문가를 찾을 것도 없이, 상식이 있는 사람이라면 누구나 켄고 무사시의 압도적인 승리를 찍었을 것이다.

그렇지만 막상 결과는 그렇지 않았다.

1라운드가 시작되고 몇 초도 지나지 않아 수현이 KO승을 따낸 것이다.

켄고 무사시를 응원하던 일본 관중들에게는 정말이지 소문난 잔치에 먹을 것 없다는 말과도 같은 결과였다.

하지만 반대로 오늘 경기를 직관한 한국 관중들에게는 간절한 염원이 현실이로 이루어진 꿈만 같은 시간이었다.

다들 수현이 질 것이라 예상은 했지만 그래도 그의 승리를 응원했다.

안하무인으로 한국을 비하하는 일본의 격투기 선수를 어

떻게 해서든 때려눕혔으면 하는 바람 때문이었다.

한편으로는 승리까지는 바라지 않아도 제발 수현이 다치지 말았으면 하는 바람을 담아 열렬한 응원을 보냈다.

그리고 그들의 바람이 기적을 불러들인 듯, 눈앞에 드러난 결과는 수현의 승리였다.

경기장을 찾은 한국인들은 눈에서 자신도 모르게 눈물을 흘렸다.

시합이 치러진 오늘은 8월 14일, 내일이 바로 일제 만 35년 식민 통치에서 벗어나 광복을 맞은 그날이었다.

Chapter 3

시합이 끝난 후

— **와! 와!**

TV 속에서 요란한 환호 소리가 울렸다.

유미진이 그 소리에 급하게 달려오며 물었다.

"자기야! 어떻게 됐어?"

오늘 시합은 연예인들도 나와 볼거리가 많은 시합이었다.

더욱이 오늘 시합에는 남편과 함께 팬클럽 가입을 한 로열 가드의 리더 수현도 나온다고 해서 더욱 흥미가 생겼다.

그 때문에 격투기를 그리 좋아하는 것은 아니지만 친구인 선웅, 미경 부부도 불러 함께 소맥 파티를 하며 구경하는 중이었다.

그러나 경기를 지켜보던 중에 맥주를 너무 많이 마신 탓일까? 한창 경기가 진행 중임에도 맥주로 인해 요의를 느꼈다. 그토록 기다리던 수현의 시합이 코앞으로 다가온 순간이었다.

수현의 팬으로서 그의 시합을 꼭 보겠다며 벼르던 그녀지만 생리 현상은 어쩔 수 없었다.

사전에 남편으로부터 들은 격투기 시합의 규칙에 따르면 1라운드는 5분간 이어진다. 화장실에 다녀오는 시간이라고 해봐야 2~3분도 되지 않았을 아주 짧은 시간이다.

그래서 초반 경기 관람을 포기하고 서둘러 화장실을 다녀오는 길이었다.

"응, 끝났어!"

"응? 자기야, 그게 무슨 소리야! 경기 방금 전에 시작하지 않았어?"

시합이 벌써 끝났다니 이해할 수가 없었다.

자신이 화장실에 갔던 시간은 아무리 계산해 보아도 아직 1라운드가 끝나지 않았을 시간이다.

하지만 남편의 말이 진실임을 금방 알 수 있었는데, TV로 향한 미진의 눈에 선수 외에도 많은 사람들이 링 위에 올라와 있는 것이 보였기 때문이다.

'뭐지?'

불길한 생각이 든 미진은 안색이 싹 바뀌어 남편을 향해 물었다.

“혹시 수현이 1라운드가 끝나기도 전에 뻗은 거야?”

격투기에 대해 잘 모르지만, 그녀도 수현의 상대가 프로 격투기 선수이고 또 엄청나게 강한 선수라는 것은 들어 알고 있었다.

그러니 이렇게 이른 시간에 시합이 끝났다면 아마추어인 수현보단 프로인 상대 선수가 이겼다고 생각하는 것이 보편적인 판단이었다.

하지만 남편에게서 들려온 대답은 그녀의 예상을 완전히 뒤엎었다.

“아니, 기사단장이 KO로 이겼다.”

“맞아, 미진아! 로열 가드 수현이 한 방에 보내 버렸다. 아! 저기 나온다.”

남편 지웅의 대답에 친구인 미경이 보충 설명을 하는데, 때마침 TV에서 KO 장면을 다시 한 번 보여주고 있었다.

“와!”

수현이 켄고 무사시의 기습 공격을 피하며 뒤 후리기를 성공시키는 장면을 보고 유미진은 자신도 모르게 감탄성을 질렀다.

“와, 다시 봐도 지린다.”

테이블 위에 놓인 맥주를 들어 마시던 선웅도 하이라이트로 다시 보여지는 수현의 KO 장면에 한마디 했다.

— 한국에 계신 격투기 팬, 아니, 국민 여러분! 아이돌 그룹 로열 가드의 수현이 일본의 프로 격투기 선수인 켄고 무사시 선수를 맞아 오른발 뒤 후리기 한 방으로 1라운드 10초 만에 KO승을 따냈습니다.

TV 속 한국의 중계진은 연신 수현의 승리를 떠들었다.

— 지난 6월에 열렸던 Kick—1 대회에서 있었던 켄고 무사시의 비매너 행위와 우리 대한민국에 대한 비하 발언으로 인해 야기된 이번 시합에서 많은 격투기 전문가들이 아마추어인 정수현 선수에 대해 비관적인 전망을 했는데, 결과는 그와 반대로 드러났습니다.

아나운서의 설명 한마디 한마디를 유미진 부부나 친구들인 미경 부부는 눈도 깜빡이지 않고 지켜보았다.

— 보십시오.

아나운서는 정수현과 켄고 무사시의 시합을 다시 한 번 느린 화면으로 보여주었다.

시합이 너무도 빠르게 끝나 버리자, 방송사는 방송 시간을 채우기 위해 계속해서 KO 장면을 재송출하면서 수현과 켄고 무사시에 대한 이야기를 이어가고 있었다.

— 시합이 시작될 무렵, 매너 있게 시합하자는 의미로 격투기 선수들이 하는 터치 글러브를 시도하는 정수현 선수를 무시한 켄고 무사시 선수가 기습 공격을 감행했는데요. 이때 정수현 선수는 전혀 당황하지 않고 회피하면서 바로 오른발 뒤 후리기로 되받아 칩니다.

수현과 켄고 무사시의 시합을 중계하는 한국 측 부스에 앉아 있던 해설은 수현이 어떻게 켄고 무사시를 KO시켰는지 자세하게 설명을 하였다.

더불어, 켄고 무사시를 한 방에 보내 버린 수현의 기술이 어떤 기술인지도 알려주었다.

— 켄고 무사시의 기습 공격을 카운터로 되받아친 이 발차기는 뒤 후리기란 기술로서 대한민국이 종주국인 태권도의 발차기 기술 중 하나입니다. 참고로 정수현 선수는 태권도 4단으로 군대에서도 태권도 조교를 했었고, 또 제가 알아본 정보에 의하면 군인이던 시절 육군 참모총장배 대회에서 2등을 했던 수상 경력이 있습니다. 그리고…….

방송 시간을 채우기 위해 해설은 아나운서와 이야기를 주고받으며 수현에 대한 프로필을 늘어놓았다.

다른 때 같으면 사족과도 같은 내용이라 이를 지켜보는 팬들이 별로 좋아하지 않았겠지만 오늘은 그렇지 않았다.

다른 것도 아닌 일본과의 시합이지 않은가. 일설로 한국인들은 받아쓰기도 일본과 시합을 할 때는 이겨야 직성이 풀리는 민족이라고 하지 않은가. 일제 강점기를 겪으면서 당했던 억울함이 한국인의 몸속 뿌리 깊게 박혀 있어서 그런지, 일본과의 경쟁에선 무조건 이겨야 한다는 경쟁심에 불타오르기 때문에 오늘 일본 격투기 선수와의 시합에서 이긴 수현에 대한 이야기라면 어떤 것을 해도 모두 웃으며 받아들였다.

"와! 선수도 아니었으면서 그런 경력을 가지고 있었던 거야!"

"그러게 말이다. 태권도 조교를 했으면서 시합에서 수상을 하다니 놀랍다."

지웅과 선웅은 아나운서의 이야기를 들으면서 깜짝 놀랐다.

군대를 갔다 온 사람이라면 알 것이다.

태권도 조교를 하는 것과 시합에서 수상하는 것은 다른 문제라는 것을 말이다.

"뭐가 놀랍다는 거야?"

미경이 남편과 친구 남편인 지웅의 대화를 옆에서 듣고는 고개를 갸웃거리며 물었다.

그런 미경의 질문에 선웅이 대답을 해주었다.

"그게 무슨 말이냐면……."

선웅은 어떻게 설명을 해야 스포츠에 대해 잘 모르는 그녀에게 알아듣기 쉽게 설명을 할까 고민하다가 좋은 생각이 떠오른 듯 이야기를 이어갔다.

"정확한 예는 아니겠지만 잘 들어봐!"

부인인 미경이 자신의 이야기에 관심을 보이자 선웅은 미소를 지으며 그녀에게 설명을 해주었다.

그리고 선웅의 설명을 들은 미경은 이해가 가는지 고개를 끄덕였다.

"아, 그렇구나! 정수현 알고 보니 더 대단한 사람이네!"

미경은 남편의 설명에 눈을 반짝이며 TV 화면 속 수현의 얼굴을 한 번 더 쳐다보았다.

"그렇지. 그래서 나하고 지웅 씨가 수현의 팬이 된 것 아니겠냐!"

미진은 수현을 보며 놀라워하는 미경의 어깨를 자신의 어깨로 치며 말을 보탰다.

"좋아! 나도 오늘부터 정수현 팬 한다."

그렇게 수현은 자신도 모르는 사이 팬을 한 명 더 확보하였다.

그리고 이런 현상은 오늘 시합을 지켜본 사람들 속에서 점차 퍼지면서 이미 팬이었던 사람들은 더욱 팬심이 높였고, 그렇지 않은 사람들은 팬으로 끌어들였다.

더욱이 고무될 만한 점이 있었는데, 수현과 그가 속한 로열 가드가 아이돌임에도 불구하고 중장년층의 팬들이 많이 늘어났다는 것이다.

보이그룹의 특성상 기존 팬들은 또래의 여성 팬들이 대부분이었다.

그런데 이번 한 번의 시합으로 그러한 고정관념이 무너지고 로열 가드는 한순간에 특정 팬을 가진 아이돌 그룹이 아닌 전 국민의 사랑을 받는 국민 아이돌 그룹으로 발돋움한 것이다.

*　　　*　　　*

jjy5999 : 정수현 지린다.

광복군815 : 대한독립 만세! 정수현 만세!

ㄴ 강대한 : 윗분 우리나라가 독립을 한 지 얼마나 오래되었는데, 대한독립을 떠드는 것인지. 물론 정수현이 잘한긴 했지만.

ㄴ 광복군815 : 그냥 그만큼 기분이 좋았다는 표현을 가지고 너무 따지시네!

ㄴ 강대한 : 죄송, 그런 것인 줄 모르고… 하지만 표현이 좀 그러네요.

ㄴ 수현사랑 : 싸우지들 마요. 우리 수현이는 사랑입니다.

많은 사람들이 8월 14일 일본에서 벌어진 Kick—1의 이벤트 경기를 보고 기사에 댓글을 달았다.

중간에 말투를 가지고 시비가 붙어 자기들끼리 싸움을 벌이기도 했지만 대체적으로 댓글 내용들은 Kick—1의 이벤트 경기를 치른 한국 대표들에 대한 긍정적인 글과 특히 마지막 모두의 예상을 깨고 엄청난 반전을 선보인 수현에 대한 칭찬 일색이었다.

이번 댓글 줄 세우기에서 특이점이 있다면, 평소에는 인터넷에 별 관심이 없던 어른들까지 경기에 큰 관심을 보이면서 젊은이들의 인터넷 문화에 참여했다는 것이었다.

기현상은 여기서 그치지 않았다.

대체로 10대에서 20대 초반 젊은 층으로 구성된 아이돌 문화에 노장년 층이 대거 유입된 것이다. 그들이 인터넷에 관심을 보이면서 불거진 사회 현상이었다.

물론 기존에도 주요 수용자에 변화가 인 적이 있었다.

30~40대 삼촌 팬들의 등장이 그것이다.

그때는 경제력이 탄탄한 삼촌 팬들이 유입되면서 후원자

를 자처하고 적극 소비한 결과, 아이돌 굿즈가 더 활성화되었다.

그런데 이번 일로 기존 아이돌 문화에 50대에서 넓게는 70대까지 아우르는 새로운 팬층이 등장한 것이다.

그들은 소비력 측면에서는 기존 팬층보다 훨씬 떨어지지만 충성도에 있어서만큼은 절대 뒤지지 않았다.

특히 이번 이벤트 경기에 선수로 출전했던 스타 파이브의 멤버인 성동훈이나 로열 가드의 수현을 향한 관심은 지대했다.

그다음으로, 개그맨으로 인기를 끌고 있던 윤비호 또한 일본 격투기 선수를 상대로 3라운드와 연장 2라운드, 총 5라운드에 걸쳐 혈투를 벌인 끝에 결국 승리를 쟁취한 것 때문에 기존에 가지고 있던 인기를 넘어서는 엄청난 관심과 유명세를 얻었다.

대표적으로 이 3명이 두드러질 뿐이었지, 인기의 수혜는 단지 그들만 얻은 것은 아니었다.

켄고 무사시에게 패한 뒤 이벤트 경기에 도우미로 참여하여 수현과 성동훈, 그리고 윤비호의 시합 준비를 도와준 김창렬 코치나 데니스 장은 격투기 팬들뿐만 아니라 시합을 시청한 국민들에게도 이름을 각인되어 인지도가 대거 상승하는 기회가 되었다.

*　　*　　*

'즐거운 일요일', 무척이나 평범한 이름이지만 KTV의 일요일에 방송되는 '도전! 드림팀'과 함께 오전 예능의 대표 프로그램이다.

아니, 정확하게는 '도전! 드림팀'이 즐거운 일요일이란 프로에서 분리된 프로그램이었다.

즐거운 일요일이 장수 프로그램이 되면서 유명 스타들의 일상을 이야기하는 토크쇼로 포맷이 자리 잡으면서 야외 예능은 따로 독립을 한 것이다.

그렇게 두 개의 프로로 분리가 되었음에도 즐거운 일요일은 인기가 하락하지 않고 계속해서 상당한 시청률을 유지하면서 아직도 KTV 간판 예능으로 이름을 지키고 있다.

"안녕하십니까? 즐거운 일요일 MC 유재성입니다."

"안녕하세요. MC 박영수입니다."

대한민국 3대 MC라 불리는 이들 중 국민 MC라는 별명을 가진 유재성이 카메라를 보며 인사를 함과 동시에 그의 옆에 자리한 박영수도 인사를 하였다.

마치 실과 바늘처럼 언제나 함께하는 두 사람이기에 너무도 자연스럽게 즐거운 일요일의 시작을 알렸다.

"뭐 하고 있어! 어서 자기소개 하지 않고!"

박영수는 자신의 인사가 끝나기 무섭게 옆자리에 앉아 있는 고정 패널 방미선과 신호선, 개그맨 배추를 보며 윽박질렀다.

“어머, 얘는…… 너 선배에게 그러는 것 아니다.”

박영수의 버럭 하는 소리에 방미선이 눈을 흘기며 말했다.

“아니, 누가 선배님보고 그랬나요. 저 녀석들보고 그런 것이지요.”

선후배 위계질서가 확실한 희극인들이기에 박영수는 얼른 방미선에게 변명의 말을 하였다.

“뭐 하고 있어!”

그러면서도 박영수는 후배인 신호선과 배추에게 다시 한 번 버럭 했다.

“아니, 오늘따라 왜 그리 버럭버럭 하는 겁니까?”

박영수가 자꾸만 소란을 일으키자 보다 못한 유재성이 그를 나무라듯 말했다.

“그러게 말이야! 별꼴이야!”

방미선이 아직 마음이 풀리지 않은 것인지 옆에서 유재성의 말을 듣고는 박영수를 향해 중얼거렸다.

그 틈을 비집고 신호선이 카메라를 보며 인사를 하였다.

“안녕하세요. EU 이미테이션 신호선입니다.”

평소에도 아이돌 가수인 EU의 닮은꼴 연예인이라고 소문내고 다니는 신호선이었다.

"얘는, 너 그러다 EU 소속사에서 소송 들어온다."

방미선은 신호선을 쳐다보며 걱정스러운 듯 말했다.

"누나, 호선이 EU와 같은 소속사야! 소송당할 일 없어!"

신호선이 소송 걱정 없이 자신 있게 EU의 닮은꼴이라고 소문낼 수 있는 비결을 박영수가 일러주었다.

"그럼 그렇지. 안녕하세요, 개그맨 배추입니다."

통통한 외형에 땅딸만 한 단구로 귀여운 외모를 가지고 있는 배추가 박영수의 말을 받으면서 자연스럽게 시청자들에게 인사를 하였다.

다섯 명이 너무도 죽이 잘 맞으면서 참으로 재미있고 식상하지 않은 인사로 오프닝을 장식했다.

"자자, 집중하시고, 오늘 초대 손님은 이렇게 웃고 떠들면 안 되는 아주 중요한 분들로 모셨으니 평소와 다르게 진지하게 대해주시기 바랍니다."

메인 MC인 유재성이 진지한 표정으로 주의를 주었다.

"얘는 매번 이러더라!"

매주 있는 일이라 유재성의 너스레에도 방미선은 별 기대가 없는 듯했다.

그건 박영수도 마찬가지였기에 한마디 거들었다.

"그러게 말입니다. 도대체 얼마나 대단한 게스트기에 그러는지 한번 봅시다."

호들갑 취급하는 박영수의 말에 유재성은 심각한 표정으로 쳐다보며 물었다.

"그렇게 막말을 하다가는 이분의 팬들이 가만있지 않을 텐데 감당하실 수 있겠어요?"

요것 보라는 듯 유재성이 눈을 반짝이며 협박을 하였다.

그런 유재성의 모습에 박영수는 순간 기가 죽었다.

"에이, 너무 겁주는 것 아냐?"

"맞아요. 우리 영수 오빠도 이젠 거성이란 별명을 가진 유명 스타인데."

박영수의 말이 떨어지기 무섭게 그를 옹호하듯 신호선이 영수의 별명을 언급하며 말끝을 흐렸다.

언뜻 듣기에는 박영수를 옹호하는 듯 보이지만 사실 깊게 들어가면 그것은 옹호하는 것이 아니라 디스였다.

그도 그럴 것이, 거성이란 박영수의 별명은 팬들이 그에게 지어준 것이 아니라 본인 스스로가 빅스타가 되겠다는 포부로 타 방송국의 예능 프로에서 한 말이 와전되어 실제로 별명처럼 굳어진 것이었다.

그것을 신호선이 칭찬을 가장하여 언급한 이유는, 조금 전 영수가 버럭 한 것에 대한 복수의 의미도 담겨 있었다.

하지만 이 모든 건 사전에 다 약속이 되어 있는 멘트였다.

그렇다고 각본까지 짜여진 것은 아니고, 대략적인 멘트만 사전에 양해를 구하고 즉흥적으로 주고받는 애드리브로 진행되고 있었다.

"정말 후회하지 않는다고 했죠?"

유재성은 박영수를 향해 비릿한 썩소를 지으며 물었다.

그런 유재성의 모습에 박영수는 잠시 움찔하였다.

평소 유재성의 성격을 잘 알고 있는 박영수이기에 유재성이 이 정도로 자신을 몰아붙인다면 뭔가 있다고 느낀 것이다.

"아니, 자, 잠깐만!"

막 유재성이 게스트를 부르려고 하자 박영수가 제지하였다.

"아니, 왜? 자신 있다면서요?"

"오늘 게스트가 누군데? 누군데 그렇게 자신감 가득인데?"

괜히 걱정이 된 박영수는 유재성을 보며 물었다.

하지만 유재성은 물음에 대답은 않고 계속해서 음흉하게 쳐다보며 썩소를 날렸다.

그런 유재성의 모습에 박영수는 또다시 버럭 하며 소리쳤다.

"정말 이럴 거야! 국민 여러분! 이렇습니다. 여기 유재성의 인성이 이래요."

급기야 박영수는 카메라를 보며 시청자들에게 유재성 인

성이 못됐다며 은근슬쩍 호도를 시도하였다.

그럼에도 유재성이 대답을 해주지 않자 박영수는 급기야 즐거운 일요일의 PD인 신창수에게 질문을 하였다.

"창수 PD, 오늘 게스트 누구야?"

다른 방송 같으면 PD 언급은 그 자체로 방송 사고였지만, 예능, 그것도 즐거운 일요일은 오래전부터 이런 불문율을 깨며 인기를 얻은 가족 같은 분위기의 프로였기에 너무도 자연스러웠다.

하지만 신창수 PD도 박영수의 물음에 대답을 해주지 않았다.

"와! 친구도 믿을 것이 못 되네! 에이, 모르겠다. 마음대로 해!"

급기야 박영수는 신창수 PD에게서 시선을 돌리고 카메라를 향해 한탄 섞인 말을 주절거렸다.

하지만 이 또한 박영수의 애드리브일 뿐 그는 절대 화가 난 것이 아니었다.

그럼에도 흘러가는 분위기를 걱정하는 이들이 있었다.

"어, 저러다 싸우는 것 아냐?"

작은 창을 통해 즐거운 일요일의 두 MC와 3명의 패널들이 벌이는 짧은 콩트를 지켜보던 데니스 장이 걱정스러운 듯 중얼거렸다.

"하하, 그런 것 아니에요."

데니스 장의 중얼거림을 들은 수현이 웃으며 대답을 하였다.

"그래?"

"네, 원래 예능 프로그램이 다 이래요."

수현에 이어 함께 오늘의 게스트로 온 윤비호가 말을 보태었다.

윤비호는 개그맨으로서 예능 프로그램에 많이 참여를 했기에 그의 말을 들은 데니스 장은 마음이 놓였다.

"에유, 난 아무리 예능 프로에 참여를 해봤어도 저런 것은 적응이 안 돼!"

데니스 장은 이야기하면서 고개를 흔들었다.

국적은 미국이지만 한국계 미국인으로서 주로 한국에서 활동하는 데니스 장은 기존에 이미 몇 차례 방송 출연을 했다.

하지만 그가 참여하는 프로그램은 주로 그의 직업인 격투기 선수에 대한 정보를 얻기 위한 프로그램이나 그와 연관된 예능 프로그램이었다.

그러다 보니 조금 전 본 바와 같이 MC와 패널들이 서로 다투듯 날이 세우며 떠드는 프로그램은 접할 기회가 없었다.

그 때문에 저런 모습이 실제인지 아니면 방송 때문에 만들어낸 이미지인지 헛갈린 것이다.

"준비해 주세요."

언제 왔는지 즐거운 일요일의 FD가 다가와 이들에게 촬영에 들어갈 준비를 시켰다.

"네, 알겠습니다."

너나 할 것 없이 대답한 그들은 방송에 앞서 머릿속을 환기시키며 창 너머에서 입장하라는 신호를 기다렸다.

*　　*　　*

"오늘의 초대 손님은 바로 일본을 격파하고 돌아온 영웅들입니다. 한국계 미국인 격투기 스타 데니스 장! 스타 파이브의 성동훈! 최강 비호감, 갑 중의 갑 갑비호! 그리고 격투기 챔피언을 한 방에 KO시킨 우리의 기사단장 로열가드의 수현! 어서 들어오세요."

유재성은 오늘의 게스트를 소개하며 즐거운 일요일을 녹화하는 목욕탕의 출입구를 향해 팔을 뻗었다.

그러자 목욕탕 문이 열리고 격투기 선수인 데니스 장을 필두로 스타 파이브의 성동훈과 개그맨 윤비호가 안으로 들어오고, 마지막으로 수현이 등장하였다.

"와아!"

수현의 모습이 보이기가 무섭게 카메라 앞쪽에 앉아 있던 즐거운 일요일의 여성 작가들과 촬영 스텝들로부터 환호성이 터졌다.

"뭐, 뭐야! 이것들이 미쳤나?"

갑자기 터진 여성 스텝들의 환호성에 박영수가 본인 캐릭터에 맞게 카메라 앞으로 나오면서 버럭 하였다.

그런 박영수의 모습에 카메라 아래에서 여성 스텝들도 지지 않고 삿대질을 하였다.

"어어! 이것들이 정말로 미쳤나! 작가들이 MC에게 삿대질을 하다니."

자신을 향해 덩달아 삿대질하는 작가들과 여성 스텝들을 보며 너무도 기가 막혔는지 박영수가 주춤하였다.

"아니, 영수 씨는 그러게 왜 나서서 욕을 먹습니까! 딱 봐도 우리 작가들과 스텝들은 여기 로열 가드의 수현 씨 팬인 것 같은데!"

한심하다는 듯 박영수를 타박하는 유재성의 말이 끝나기 무섭게 스텝들 앞에서 누군가 그 말에 긍정하는 목소리가 들렸다.

"맞아요. 저흰 수현 씨 팬이에요."

"전 로열 가드 팬이에요. 팬클럽에도 가입했어요."

스텝들이 너도나도 나서서 한마디씩 하자 박영수는 미간을 찡그리며 소리쳤다.

"나이 먹고 자랑이다."

자꾸만 자신이 구석으로 몰리는 것 같자 궁색한 말로 타박하는 것으로 둘러치려는 것이다.

하지만 오늘 모인 여성 스텝과 작가들은 작정이라도 한 듯 지지 않고 박영수의 말을 물고 늘어졌다.

"뭐 어때요. 그럼 영수 씨는 우리 수현 오빠 좋아하지 않나요?"

"아니! 나는 왜 씨고, 수현 씨는 오빠야!"

박영수 특유의 버럭이 또다시 튀어나왔다.

그러나 이번에는 스텝과 작가들이 말꼬리를 물고 늘어져서가 아니라, 자신은 씨라 부르고 수현을 오빠라 부른 것이 마음에 들지 않아서였다.

하지만 그건 제 무덤 파는 일이었다.

그들로부터 돌아온 대답이 박영수를 더욱 기함하게 한 것이다.

"당연하잖아요. 잘생겼으니 오빠죠."

너무도 단호한 그 대답에 박영수는 그만 할 말을 잃고 벙찐 모습으로 한동안 움직이지 못했다.

그리고 그건 다른 남자들도 마찬가지였다.

잠시 정적이 흐르던 중 제일 먼저 정신을 차린 유재성이 얼른 멘트를 쳤다.

"하하, 그렇죠. 잘생긴 남자는 오빠죠."

"맞아! 맞아! 잘생긴 남자는 모두 오빠야!"

유재성의 말에 이어 신호선도 방긋 웃으며 소리쳤다.

"어휴, 저건 때가 어느 땐데 정신 못 차리고 오빠 타령이야! 수현 씨가 너보다 어려! 동생이야!"

신호선의 오빠라는 말에 번뜩 할 말이 생긴 박영수가 눈꼬리를 치켜뜨며 소리쳤다.

쪽수에서 스텝들과 작가들에게 밀리자 박영수는 타깃을 신호선으로 돌린 것이다.

하지만 이미 만성이 된 것인지 아니면 다른 이유 때문인지 신호선은 평소와 다르게 박영수의 호통에도 아랑곳하지 않고 느긋하게 그의 말을 받았다.

"마음껏 떠드세요. 전 오늘 미남들 원 없이 볼 수 있어서 출연료 안 받아도 좋아요."

이미 그녀의 눈은 호선을 그리며 수현의 얼굴에 고정되어 있었다.

평소에는 자신이 조금만 목소리를 높여도 주눅이 들어 아무 말도 못했던 신호선이 한순간도 지지 않고 대거리를 해대자 박영수는 다시 한 번 벙찐 표정이 되었다.

"우리 호선이 잘한다."

본격적인 토크에 들어가기도 전부터 흥미진진하게 전개가 이어지자 신창수 PD는 옳다구나, 좋아라 했다.

'이거, 잘하면 특집으로 내보내도 되겠는데!'

18년 방송 경력을 쌓으며 갖게 된 촉이 즐거운 일요일의 PD인 신창수에게 대박을 예감하게 했다.

그건 비단 그뿐만이 아니라 즐거운 일요일의 메인 MC로 3년여를 진행하고 있는 유재성 또한 마찬가지였다.

'오늘 방송 느낌 좋은데!'

좋은 예감 덕분일까, 원래도 잘했지만 유재성은 더욱 매끄러운 진행으로 마치 레일 위를 달리는 롤러코스터마냥 업다운과 완급을 조절하며 프로그램을 이끌어갔다.

* * *

"우리 막내부터 이야기를 해볼까요?"

유재성은 게스트로 나온 이들 중 가장 나이가 어린 성동훈을 보며 물었다.

"성동훈 씨, 평소에도 팬들 사이에서 격투기 마니아로 소문이 자자하신데, 막상 일본의 프로 격투기 선수와 직접 겨뤄보니 어떻던가요?"

시합에서 세컨이 수건을 던지는 바람에 1라운드 기권패를 한 동훈이었으나, 유재성은 아이돌인 그에게 이미지를 포장할 기회를 주기 위해 질문한 것이다.

물론, 민감할 수도 있는 주제이니만큼 유재성도 일부러 나서서 한 언급은 아니었다.

사전 미팅 때 성동훈의 소속사인 마루 엔터에서 즐거운 일요일 작가에게 찾아와 꼭 언급해 달라고 부탁을 했기에 메인 MC인 유재성이 총대를 메고 질문한 것이다.

그럼에도 질문을 받은 성동훈은 쉬이 대답이 나오지 않았다.

겉으로야 당시 코치인 김창렬이 나서서 수건을 던진 모양새였으나 그건 동훈이 강하게 원해서 이뤄진 결과였다.

만약 김창렬이 그때 수건을 던지지 않았다면 동훈은 2라운드 내내 상대 선수에게 엄청나게 맞았을 것이다.

그것이 두려워 그는 옆에서 코치가 어떤 말을 해도 알아듣지 못하고 정신을 놓고 있었다.

경험 많은 김창렬 코치가 그런 동훈의 마음을 잘 캐치하고 기권하기 위해 수건을 던진 것이다.

이와 같은 속사정을 잘 모르는 유재성은 어떤 답을 해올지 동훈의 말을 기대하고 있었다.

"아, 네. 상당히 강하더군요. 그래도 조금 더 해볼 수도 있었지만 코치님께서 제가 연예인이란 것을 생각해 1라운드만 끝내고 기권하길 권유하였습니다."

첫말을 어눌하게 열긴 했으나 동훈은 회사에서 준비시킨 대로 답변을 잘 마무리하였다.

그래도 실제 상황과 전혀 다른 대답이었기에 기분은 그리 좋지 못했다.

그런 동훈의 속도 모르고 대답이 끝나기 무섭게 박영수가 끼어들어 훈수를 두었다.

"그래, 그런 것은 취미로만 해라! 시합 보니 아마추어하고 프로 차이가 심하더라!"

박영수의 말에 성동훈은 급기야 애써 잡은 표정이 구겨졌다.

아주 잠깐 이성을 놓친 것이었지만 하필이면 성동훈의 자리가 MC인 유재성의 바로 옆자리였다. 메인 MC의 옆자리란 바로 카메라의 정중앙에 위치했다는 소리다.

그 때문에 박영수의 말에 구겨진 성동훈의 표정이 그대로 카메라에 잡혀 버렸다.

너무도 순식간에 지나간 장면이라 신창수 PD도 이 당시에는 그런 장면이 나간 걸 전혀 알지 못했다.

모두가 못 보고 지나쳤으나 바로 옆자리에 앉은 유재성은 박영수의 말에 바뀌는 성동훈의 표정을 놓치지 않았다. 그래서 그것을 수습하고자 박영수에게 공격의 화살을 돌리며 타박했다.

"당연히 아마추어하고 프로가 다르지, 괜히 둘을 분간하겠어! 왜 하나 마나 한 소리를 하고 그래!"

"왜 나 가지고 그래. 그저 실력 차이가 너무 나니 앞으로는 취미 생활로만 하고 본업에 충실하라는 건데. 난 동훈이 걱정돼서 팬의 입장에 서서 동훈이 팬들 대표로 말한 거라고."

유재성이 괜히 국민 MC라 불리는 게 아니었다.

바로 발끈해서 입을 여는 박영수에게 모두의 시선이 옮겨져 갔다.

"그래도 말이 너무 심하네."

"맞아요, 그러다 스타 파이브 팬들한테 돌 맞겠어요."

오늘따라 다들 자신에게 향하는 멘트들이 너무 날카롭자 박영수는 살짝 짜증이 나 평소보다 목소리 톤이 높아졌다.

"알았다. 앞으로 격투기 시합 더 나가든 말든 알아서 해라!"

'아니, 오늘 왜 저래!'

오늘 느낌이 좋아서 어쩌면 특집으로 꾸며도 될 것 같다는 예감에 빠져 있던 신창수 PD는 갑자기 분위기가 이상해지자 불안했다.

성동훈의 컨디션도 그리 좋아 보이지 않고, 또 박영수 또한 성동훈과 연관되어 표정이 좋지 못하자 신창수 PD는 얼른 유재성에게 신호를 보냈다. 얘기를 여기서 끝내고 얼른 다른 화두로 넘어가라는 신호였다.

유재성은 성동훈 옆자리에 앉아 있는 수현에게로 멘트를 넘겼다.

"그런데 수현 씨는 아마추어도 아니고, 격투기는 처음이라고 하지 않았습니까?"

성동훈에게 건넸던 아마추어 이야기와 주제가 연결되기에 수현에게로 토크의 타깃이 넘어가는 건 물 흐르듯 자연스러웠다.

“네, 방송에서도 이야기했듯 격투기 시합은 처음입니다.”

수현은 유재성의 질문에 담담하게 대답을 이어갔다.

“하지만 Kick—1 시합이나 제가 10여 년을 수련한 태권도나 입식타격이라는 것에서 비슷했기에 할 만했습니다.”

수현이 태권도를 익혔다는 것은 이젠 비밀도 아니었다.

최유진을 경호할 때 이미 그런 정보들은 널리 알려진 상태였기에 수현이 이 자리에서 다시 한 번 언급을 한다고 해서 특별할 것도 없었다.

“아, 그래요.”

그럼에도 방미선은 수현의 대답에 눈을 동그랗게 뜨며 추임새를 넣었다.

오늘 주제가 주제다 보니 격투기와는 거리 간 먼 그녀로서는 토크에 끼어들 겨를이 없어 이렇게라도 방송 분량을 확보해야만 했다.

“그런데 상대 일본 선수가 무척이나 강하다던데 안 무서웠어요?”

방미선에 이어 신호선이 수현 쪽으로 몸을 내밀며 질문을 하였다.

방송으로 듣기로 수현의 상대는 Kick—1에서 상당한 강자였기에 나올 법한 질문이었다.

“네, 맞습니다. 웰터급 랭킹 1위의 선수입니다. 그리고

12월에 열리는 챔피언 결정전에서 다음 챔피언으로 유력시되던 선수였죠."

신호선의 질문은 수현이 아닌 그 옆자리에 있던 데니스 장이 받아 설명을 해주었다.

"랭킹 1위요?"

"다음 챔피언으로 유력시되던 선수였다고요?"

"예, 한 달 반 전에 제가 그 선수와 시합을 하다 졌었거든요."

데니스 장은 담담하게 켄고 무사시와의 시합에 관해 이야기하였다.

"아니, 그럼 우리 수현 씨가 챔피언으로 유력시되는 프로를 KO시켰다는 말인가요?"

신호선은 데니스 장의 이야기에 깜짝 놀라 눈을 동그랗게 뜨며 물었다.

"야야, 너 지금 큰일 날 소리 했다."

"맞아! 현재 국내에서 수현이 팬이 얼마인데, 함부로 우리 수현 씨라는 막말을 하냐?"

신호선의 말이 떨어지기가 무섭게 재성과 영수가 신호선을 보며 한마디씩 하였다.

"맞아! 호선이 애는 눈치가 그리 없어!"

방미선도 한마디 거드는데, 박영수가 기회를 놓치지 않고 감초처럼 끼어들어 한소리 하였다.

"누나, 오랜만에 옳은 소리 했네! 재는 정말로 눈치가 전혀 없어!"

"얘 지금 말하는 것 좀 봐! 내가 오랜만에 옳은 소리를 한다니. 너도 나이 들어봐. 생각은 많아지지 단어는 빨리 떠오르지 않지 얼마나 힘든지 아니."

박영수의 말은 칭찬 같지만 자세히 들어보면 방미선이 오늘 제대로 활약하지 못한 것을 꼬집은 말이었다.

박영수의 말뜻을 바로 캐치한 방미선은 싫은 내색 하지 않고 자연스럽게 나이 탓으로 돌리며 분위기를 띄웠다.

"미선이 누나만 뭐라 하지 말고 형도 조심해요! 오늘 아슬아슬한 것 알아요?"

옆에서 지켜보던 유재성이 박영수를 보며 한소리 했다.

박영수는 유재성의 말을 듣고 오늘 자신이 너무 기분이 UP 되어 도가 지나쳤다는 것을 깨닫고는 바로 사과를 날렸다.

"아, 미안! 미선 누나랑 내가 얼마나 친한데. 그렇지, 누나!"

"와, 역시 KTV는 독해!"

유머와 독설의 경계를 아슬아슬하게 넘나드는 MC와 패널들의 독한 토크에 윤비호가 미소를 지으며 소리쳤다.

본인 또한 KTV 희극인실 출신으로 독설로 빵 뜬 개그맨이니만큼 이런 분위기가 너무도 좋아 끼어든 것이다.

"야야야! 어디서 새까만 후배가 선배님들 이야기하는 데

껴들어!"

언제 훈훈한 모습을 보였냐는 듯 박영수가 다시 한 번 윤비호에게 호통을 쳤다.

"형! 비호 이번에 프로 격투기 선수도 때려눕히고 이 자리 왔어요. 괜히 연예계 3대 쌈짱이 아니에요."

그동안 조용히 있던 배추가 박영수의 말에 걱정스러운 듯한 억양으로 이야기하였다.

그러자 순간적으로 촬영장 안에 찬바람이 불었다.

"어? 어, 어, 그래."

배추의 이야기에 박영수는 순간적으로 할 말을 잃고 살짝 윤비호를 쳐다보았다.

그런 박영수의 모습에 윤비호는 오른쪽 입꼬리만 살짝 올리며 웃어주었다.

당황한 박영수가 얼른 무릎을 꿇으며 두 손을 앞으로 내밀고 빌었다.

"비호야! 내가 순간 정신이 나갔나 보다. 네가 갑이잖아! 갑비호! 한 번만 봐줘!"

너무도 비굴한 박영수의 모습이 여과 없이 카메라에 담겼다.

"하하하하!"

너무도 비굴한 모습을 보이는 박영수의 모습에 수현은 자신도 모르게 호탕하게 웃어버렸다.

40이 넘은 나이에 열 살도 더 차이 나는 새까만 후배 앞에서 무릎 꿇고 비는 모습은 상상도 못했는데, 그런 모습을 전혀 비굴하지 않은 표정으로 하는 박영수를 보며 웃지 않을 수가 없었다.

"아놔, 이게 뭐야! 이래서 내가 이 형하고 방송하는 것이 창피하다니까!"

한쪽에서는 게스트가 배를 부여잡고 쓰러져 뒹굴며 웃고 있고, 또 한쪽에서는 MC가 맞는 것이 무서워 무릎 꿇고 또 다른 게스트에게 빌고 있는 모습이 연출되고 있었다.

10년이 다 되어가는 장수 예능 프로그램인 즐거운 일요일 역사상 이런 장면은 처음이었다.

그 때문에 국민 MC란 별명을 가진 유재성조차 이 순간만큼은 어떻게 커버를 할 수가 없었다.

탁!

너무도 황당한 장면에 유재성은 자신도 모르게 한 손으로 자신의 이마를 치고 말았다.

그런데 이 또한 흔치 않은 장면이었기에 신창수 PD는 속으로 웃었다.

'대박!'

그리고 원활한 방송을 위해선 어느 정도 정리가 필요한 시점이란 것을 느낀 신창수 PD는 타이밍을 놓치지 않고 촬영을 중단했다.

"컷! 잠시 테입 갈고 가겠습니다."

테이프를 교체하겠다는 핑계로 촬영을 중단한 신창수는 메인 MC인 유재성을 따로 불러 앞으로의 촬영에 대한 이야기를 꺼냈다.

"재성 씨! 시합에 관한 이야기는 얼추 뽑은 것 같으니 뒤에서는 앞으로의 계획이나 포부 등을 이야기하는 것이 어떨까 하는데, 재성 씨 생각은 어때요?"

신창수는 PD라고 해서 프로그램을 자신의 임의대로 진행하지 않았다.

함께하는 유재성의 이름값이나 박영수, 그리고 패널인 방미선과 신호선, 배추 등도 즐거운 일요일의 또 다른 주인이었기에 결코 PD라고 독단으로 프로그램을 진행하지 않고 언제나 그들에게 조언을 구하고 의논해 왔다.

지금도 그래서 자신의 생각을 전달하고 유재성의 생각을 물어본 것이다.

"그러는 것이 좋을 것 같아요! 영수 형이 오늘 너무 아슬아슬해서 이대로 진행을 했다가는 뭔가 사달이 날 것도 같고……."

유재성도 신창수 PD의 의견에 동의를 하였다.

그렇지 않아도 무엇 때문인지 박영수의 오늘 애드리브는 봐주기가 너무 위험할 정도로 수위가 아슬아슬했던 적이 한두 번이 아니었다.

그 때문에 촬영 초기 가졌던 좋은 느낌보다는 언제 터질지 모르는 시한폭탄을 보는 것 같아 촬영 내내 불안했다.

그런데 마침 PD가 중간에 촬영을 중단해 김을 빼주어서 유재성으로서는 여간 다행이 아니었다.

"알겠습니다. 그럼 그렇게 알고 준비할게요. 그리고 재성 씨가 영수 씨에게 가서 이야기 좀 해주세요."

"네, 알았어요!"

재성은 신창수 PD와 이야기를 끝내고 게스트들과 함께 있는 박영수에게 다가갔다.

"영수 형! 잠시 이야기 좀 할 수 있어요?"

"응, 알았다."

박영수는 PD와 이야기를 하고 온 재성이 자신을 부르자 무엇 때문에 그러는 것인지 눈치채고 얼른 재성에게 다가갔다.

한편, 수현은 즐거운 일요일 촬영을 하면서 너무나 편안한 느낌을 받았다.

사실 켄고 무사시와의 시합이 끝난 뒤 너무 과열되는 것이 아닌가 우려될 만큼 자신에게 너무 열광하는 국민들의 관심들 때문에 피곤했었다.

전에도 큰 관심으로 생활하는 데 불편을 조금 겪기는 했지만 요즘에 비하면 그때는 양반이었다.

마치 독립투사라도 보듯 나이 지긋한 어른들까지 로열 가드와 자신의 이름을 언급하는 것이 수현은 여간 부담스러운 것이 아니었다.

그런데 그러한 이야기들을 이곳에 나와 허심탄회하게 털어놓고 보니 마음이 한결 편해졌다.

더욱이 그러한 속내를 듣는 이들이 오해를 하지 않게끔 잘 이끌어주는 유재성이 있었기에 수현은 더욱 이야기하기도 좋고 속이 시원했다.

사람들이 왜 유재성을 국민 MC라고 하는 것인지 여실히 깨닫기도 했다.

국민 MC란 그저 착한 일을 많이 했다고 붙여주는 것이 아니라, 자신의 본분을 잘 지키면서 게스트를 편안하게 해주는 능력까지 겸비했기에 붙여진 타이틀이었던 것이다.

그렇게 잠시 촬영 중단으로 가졌던 짧은 휴식 타임이 끝나고 즐거운 일요일의 촬영이 재개되었다.

"자! 시간이 벌써 이야기를 마무리할 때가 되었습니다. 각자 한 분씩 나서서 앞으로의 계획에 대해 이야기해 주시기 바랍니다."

유재성은 이미 신창수 PD와 약속했던 대로 게스트들에게 앞으로의 계획에 대해 물었다.

"예, 시작도 막내인 제가 먼저 했으니 마지막에도 제가 먼저 말씀드리겠습니다."

오늘 게스트 막내인 성동훈이 먼저 나서서 앞으로의 계획에 대해 이야기하였다.

아이돌 그룹의 멤버이기에 그는 개인이 아닌 그가 속한 스타 파이브의 후반기 계획에 대해 밝혔다.

순서는 자연스럽게 앉은 자리대로 이어지는 분위기였다. 이야기가 마무리되면서 MC와 패널들의 시선이 그 옆에 자리한 수현에게로 옮겨가는 가운데, 동훈의 뒤를 이어 앞으로의 계획을 털어놓은 사람은 수현을 건너뛰고 가장 끝자리에 앉아 있던 윤비호였다.

게스트로 출연하여 자신에 관한 이야기를 별로 하지 않은 그였기에 조금 길게 이야기를 하고자 먼저 나선 것이다.

"음음, 사실 오늘 제가 이 자리에 나온 이유는 따로 있습니다. 그건……."

윤비호의 돌발 발언에 출연진들의 시선이 하나로 모이며 다들 뒤에 이어질 말을 주목했다.

그러자 윤비호가 한 손으로 자신의 뒤통수를 긁고 바보 같은 미소를 지으며 뒷말을 이어갔다.

"그동안 연애만 하던 제가 12월 24일 결혼하게 되었습니다. 물론 상대는 저에게는 영원한 요정인 정선미 씨입니다."

윤비호의 방송을 통한 깜짝 결혼 발표는 모두에게 놀라움을 안겼다.

"와! 여기 제 무덤을 방송에서 대대적으로 공개하는 사람이 있구나! 네가 진정한 용자다."

"형! 그러다 정말로 비호한테 한 대 맞는다니까요."

윤비호의 결혼 발표에 깐죽대는 박영수를 향해 배추가 걱정스러운 목소리로 말을 건넸다.

배추의 말이 끝나기 무섭게 고개를 돌리는 박영수의 눈에 그를 향해 다가오는 윤비호의 모습이 포착됐다.

“어? 스톱! 내가 잘못했다. 요놈의 방정맞은 입!”

찰싹!

급하게 사과하며 자신의 입술을 때리는 박영수였다.

“어휴, 언제 철이 들는지.”

그런 박영수를 지켜보며 방미선이 작게 중얼거렸고, 옆에서 유재성도 그 말이 맞다는 듯 고개를 끄덕였다.

“잠시 지방방송으로 혼란이 있었습니다. 국민 여러분께서는 많은 양해 부탁드립니다.”

아주 오래전 전파 상태가 좋지 못했을 당시 아나운서가 하던 멘트를 재치 있게 날린 유재성은 데니스 장과 수현을 돌아보며 누가 먼저 계획을 말할지 물었다.

“제가 먼저 말하겠습니다.”

먼저 나선 것은 데니스 장이었다.

그는 자신의 옆자리에 앉아 있는 수현을 돌아보며 의미심장하게 미소를 지어 보였다.

“제 계획은 12월에 있을 챔피언 결정전에 나가는 겁니다. 어렵게 얻은 기회이니 철저히 준비하여 기필코 챔피언이 되어 보이겠습니다.”

"아니, 데니스 장 선수는 켄고 무사시 선수에게 패해 챔피언 결정전에 탈락한 것이 아니었습니까? 어떻게 된 것입니까?"

데니스 장의 계획을 들은 유재성이 놀란 눈을 하며 물었다.

"예, 그게 챔피언 결정전에 나가기로 했던 켄고 무사시 선수가 부상을 입어 제가 대신 나가게 되었습니다."

그랬다. 12월에 있을 Kick—1 체급별 챔피언 결정전에는 6월에 있었던 선발전에서 우승한 선수들이 나가게 되어 있었다.

하지만 미들급 도전자인 켄고 무사시가 수현과의 시합에서 턱뼈가 부서지는 큰 부상을 당하고 만 것이다.

주치의로부터 12월 전에 부상이 완쾌된다는 판정을 받기는 했지만 그때까지 제대로 된 준비를 할 수가 없어 켄고 무사시는 시합 출전을 포기하였다.

그로 인해 Kick—1에서 한차례 논의가 있었는데, 도전자 없이 그냥 챔피언에게 부전승을 주자는 의견과 새로운 도전자를 넣자는 의견을 두고 격전이 벌어졌다.

결과는 새로운 도전자를 내세우는 것이었다.

그도 그럴 것이, 시합 하나가 줄어들면 그만큼 흥행에 적시호였기 때문이다.

다른 체급도 아니고 가장 관심이 많은 웰터급이었다. 많은 논의 끝에 기존 챔피언에게 파이트 머니를 조금 더 챙겨

주는 선에서 시합을 진행하기로 결론을 냈다.

그 뒤로도 누구를 도전자로 넣을 것인지 논의가 계속 이어지다가 그나마 켄고 무사시를 이길 뻔했던 데니스 장이 가장 많이 거론되어 그에게 12월 미들급 챔피언에 도전할 수 있는 티켓이 넘겨졌다.

참고로, 부상으로 나가지 못하게 된 켄고 무사시에게는 내년에 도전권을 주기로 얘기를 끝냈다.

이렇듯 복잡한 과정을 거쳐 12월 챔피언 결정전에 나가게 된 데니스 장은 이 모든 게 수현의 공이라고 여기고 있었다.

그래서 얘기를 꺼내기 전에 수현을 먼저 쳐다본 것이다.

"아! 그렇게 된 것이군요. 이거 수현 씨에게 시합 티켓이라도 보내줘야 하는 것 아닌가요?"

유재성이 마치 데니스 장의 마음을 들여다본 듯한 멘트를 날렸다.

하지만 사실은 웃음을 위해 치고 들어온 것이었다.

그 뜻이야 어찌 됐든 데니스 장은 이미 하고 있던 생각이기에 자신 있게 대답하였다.

"물론이죠. 수현 씨로 인해 얻은 기회인데 가장 좋은 R석으로 준비를 하겠습니다. 아니, 그럴 게 아니라 오늘 오신 분들에게도 모두 보내겠습니다."

"헐! R석 가격이 얼마인데 여기 인원에게 다 보내겠다는 말씀입니까?"

데니스 장의 통 큰 선언에 유재성이 깜짝 놀라 질문했다.

"제가 받을 파이트 머니면 충분합니다."

데니스 장은 별거 아니란 듯 선선히 답하였다.

"하하, 알겠습니다. 기대하죠. 그럼 마지막으로 수현 씨!"

유재성은 마지막으로 남은 게스트인 수현을 돌아보았다.

"예, 제가 마지막이군요."

가벼운 말로 서두를 꺼낸 수현은 개인 일정과 자신이 속한 로열 가드의 행보에 관해 이야기를 하였다.

처음 출연한 드라마의 성공으로 들어오는 시나리오가 많아 후반기에 다시 한 번 브라운관에서 팬들과 만날 것 같다는 이야기와 로열 가드의 콘서트 계획 등이 주를 이루었다.

녹화를 함께하면서 수현의 매력에 흠뻑 빠진 사람들은 후반기에도 그를 만나볼 기회가 많을 듯하자 한껏 기뻐하며 녹화를 마무리하였다.

Chapter 4

팬미팅

10평 남짓한 실내, 로열 가드 멤버들이 모여 단장을 하고 있었다.

전담 코디네이터들은 협찬 받아 온 의상과 액세서리들을 죽 늘어놓고 멤버들에게 맞는 의상과 액세서리를 챙겨주느라 정신이 없었다.

한쪽에서는 메이크업 아티스트들이 순서대로 멤버들에게 화장을 해주고 있었다.

조금 뒤면 로열 가드의 1주년 팬미팅이 시작되기에 시간에 맞춰 마무리 작업을 하느라 대기실은 무척이나 분주했다.

작년 9월 초에 전격적으로 데뷔를 한 로열 가드다.

데뷔 초부터 톱스타 최유진의 후광을 받으며 로열 가드는 혜성처럼 연예계에 데뷔하였다.

덕분에 신인임에도 처음부터 인기몰이를 이어가다가, 차츰 후광 효과가 사라질 즈음 멤버들이 각종 예능에서 활약을 한 덕분에 인기가 사그라들지 않고 자신들만의 인지도를 쌓아 나갈 수 있었다.

더욱이 로열 가드의 리더 수현이 예능은 물론이고, 인기 드라마의 조연으로 출연하여 연기력과 외국어 실력을 뽐내면서 그 인지도는 더욱 높아졌다.

그 뒤 드라마가 외국으로 높은 가격에 수출이 되자 수현이 한류스타의 계보에 이름을 올림으로써 로열 가드는 새로운 전기를 맞게 되었다.

다만 리더인 수현이 각종 예능과 드라마 등으로 다른 영역에서 맹활약을 하면서 멤버들이 함께 모일 기회가 좀처럼 많지 못했다.

킹덤 엔터에서는 이렇게 멤버들 간 불균형한 활동이 계속되면 그룹 유지에 좋지 않다는 판단에 이번 팬미팅을 준비했다.

원래라면 어느 정도 인기를 끌게 되면 팬들의 결속력과 충성도를 높이기 위해 빠르게 팬미팅을 준비하는데, 로열 가드는 데뷔 초부터 워낙 엄청난 인기를 끄는 바람에 팬미팅 없이 넘어갔다.

하지만 아무리 로열 가드의 인기가 높아지고 또 팬들의 충성도가 높아진다고 해도, 멤버들 간의 활동이 갈리고 또 인지도가 어느 한쪽에게만 쏠리는 현상이 가속화되면 결국 그룹아 해체되는 위기가 찾아올 수도 있었다.

같은 그룹이고 함께 고생하는데, 인기와 발송 활동으로 인한 수익이 어느 한쪽으로 쏠리면 상대적으로 인기와 찾아 주는 프로그램이 적은 멤버가 박탈감을 느끼기 때문이다.

문제는 그뿐만이 아니다.

같은 그룹임에도 멤버들 각 인기 여부에 따라 달라지는 기획사의 대우 또한 해체를 더욱 가속화한다.

물론 기획사 입장에서 인기가 많은 멤버를 우대하는 것은 당연한 일이었다.

데뷔 초기에야 회사가 연예인에 비해 갑의 입장이지만 어느 정도 시일이 지나고 인지도가 높아진 연예인이 팬들에게 많은 인기를 얻게 된다면 그때부터 갑과 을의 입장이 바뀌게 된다.

연예인이 인기를 끈다는 것은 회사 입장에서 돈을 많이 벌어준다는 말과 같았다.

그러니 회사로선 인기가 많은 연예인을 더 우대할 수밖에 없다.

다만, 연예인도 사람인지라 차별에 관해 언제까지나 참고

견디지 않는다.

아니, 자신의 젊음을 희생한 대가로 연예인으로 데뷔를 했는데, 같은 그룹 내에 차별이 발생한다면 그것을 누가 참아 넘기겠는가.

해서 킹덤 엔터와 같은 대형 기획사는 그러한 차별 속에서 멤버들이 부당하다고 느끼지 않게 최대한 조율을 한다.

그게 다 회사 설립 초기부터 시행착오를 겪어 오면서 터득한 경험에서 우러나오는 노하우였다.

오늘 팬미팅도 킹덤 엔터가 로열 가드의 해체를 미연에 방지하고자 마련한 대책의 일환이었다.

로열 가드를 보다 가까이서 만나게 해주려는 팬서비스 차원이기도 하지만, 이번 팬미팅의 가장 큰 목적은 함께 데뷔를 준비하면서 끈끈한 우정을 나누던 때와 다르게 제각기 다른 활동을 펼치고 있는 로열 가드 멤버들이 초심을 새롭게 다질 계기를 선사하는 것이었다.

다만, 팬미팅을 열기까지 약간의 우여곡절이 있었다.

원래대로라면 좀 더 이른 시기에 개최하기로 되어 있었으나 수현의 일정에 변동이 생긴 것이다.

각종 예능에서 활약하는 것은 수현뿐만 아니라 로열 가드의 다른 멤버들도 마찬가지였다.

인지도가 높으니 각종 예능에서 앞 다투어 섭외 요청을 해왔고, 또 각 멤버마다 워낙 능력들이 출중했기에 야외 버

라이어티 쇼는 물론이고, 시트콤 카메오, 토크쇼나 퀴즈쇼에도 출연해 맹활약을 하였다.

하지만 그럼에도 불구하고 수현과는 인지도 면에서 하늘과 땅 차이만큼이나 간격이 벌어졌다.

그도 그럴 것이, 수현은 그 시작부터 남달랐다.

아이돌로 데뷔하기 전부터 뛰어난 외모 덕분에 전문가들 사이에서 이름이 오르내렸고, 본격적으로 연예계 데뷔를 한 뒤에는 처음 나간 '도전! 드림팀' 에서 누구도 예상치 못한 상태에서 대박을 터뜨렸다.

특히나 '도전! 드림팀' 은 어느 예능보다도 남성미를 가장 드러낼 수 있는 그런 프로지 않은가. 8등신의 헌칠한 키에 톱 모델을 능가하는 비주얼, 거기에 야생마처럼 질주하며 야수처럼 거침없이 장애물을 넘어 위기에 처한 공주를 구하는 수현의 모습은 이를 지켜보는 여성 팬들은 물론이고, 남성 팬들에게도 어필을 하였다.

여기까지는 로열 가드의 다른 멤버들도 충분히 그에 버금가는 활약을 할 수 있었다.

킹덤 엔터에서 처음 로열 가드의 멤버들을 꾸릴 때 다 그만한 능력을 보고 모아서 1년여를 특별지도 했기 때문에 모두들 신체 능력은 여느 연예인 못지않게 뛰어났다.

그런데 수현은 연기에도 두각을 나타냈다.

아이돌 출신을 불신하는 것으로 유명한 드라마 PD나 작가 앞에서 오디션을 본 수현은 그들의 고정관념을 깨고 배역을 따내는 쾌거를 이루었다.

거기다 수현은 배역을 따내는 것에서 그치지 않고 자신의 배역에 대한 해석을 하고 온전히 자신의 것으로 만들어냈다.

중국인 경호원이라는 역할에 맞게 수현은 드라마 촬영 내내 단 한 마디의 한국어 대사도 하지 않았다.

원래 기획은 한국어 대사로 하는 것이었지만 수현이 작가에게 제안하여 대사를 전부 중국어로 바꾼 것이다. 그리고 드라마의 완성도를 높이기 위해 다른 중국인 역할의 배역들 대사도 전부 중국어로 바뀌었다.

그 때문에 드라마 제작비가 늘어났지만 드라마 배경이나 촬영지가 대부분 중국이었기에 오히려 몰입감은 더욱 높아졌다.

이쯤 되자 중국에서 보이는 반응이 남달랐다.

로열 가드의 리더 수현이 출연한다는 것을 알게 된 중국인 팬들은 수현이 드라마에서 중국어로 대사한다는 사실을 자국 방송국에 알리고 방영을 해달라고 요청을 했다.

이에 중국 방송국은 한국 방송에서 제작하는 드라마에 자국어가 상당 부분 들어간다는 것에 고무되어 중국 정부에 재빨리 이와 같은 사실을 알렸다.

자국 문화에 자부심이 강한 중국 정부는 당연히 드라마

울프독의 수입 방영을 허가하였고 문화 TV는 어떻게 드라마를 해외에 판매할까 고민을 하던 중 중국에서 먼저 제안이 들어오자 얼른 그 손을 잡았다.

이렇게 문화 TV가 생각지 못한 높은 수익을 얻으면서 기존에 늘어난 제작비는 아무것도 아니게 되었다.

그러다 보니 연기는 신인이지만 수현에 대한 방송국의 대우는 톱스타 못지않게 높아졌다.

방송국도 어차피 기업이다. 수익을 많이 내주는 연예인이 갑인 것이다.

로열 가드 멤버들이 아무리 노력을 해도 수현이 이렇게 그들보다 월등한 활약으로 도저히 따라가기 힘들 정도로 차이를 벌리니 킹덤 엔터의 관리자들은 수현의 활약이 기꺼우면서도 한편으로는 멤버들 간 불화가 일지 않을까 우려를 하였다.

그래서 팬미팅 준비를 서둘렀는데, 또다시 변수가 발생하였다.

계획된 일본 진출 후 사고가 터진 것이다.

물론 피할 수는 있었지만 일본과 연관된 문제였기에 쉽게 판단을 내릴 수 없어 킹덤 엔터의 관리자들은 머리를 맞대고 궁리했다.

하지만 결론은 대세에 따르는 것뿐이었다.

그동안 준비했던 계획은 그 때문에 틀어지고 취소가 되

었다.

더불어 준비했던 1주년 기념 팬미팅이 아예 무산될 위기에 처하였다.

팬미팅이 있을 9월 초보다 앞선, 8월 14일에 수현이 격투기 시합에 나가게 된 까닭이다.

수현이 그때 큰 부상이라도 당한다면 기껏 준비했던 팬미팅은 물 건너가는 것이다.

수현의 독단에 의해 벌어진 시합으로 팬미팅이 깨지는 것이기에 로열 가드 다른 멤버들과의 유대감을 높이려던 킹덤 엔터의 예초의 기획과 다르게 분위기가 흐를 수도 있었다.

하지만 수현은 자신이 벌인 사고를 최상의 상태로 해결하였다.

수현이 시합에서 아무런 부상도 입지 않고 승리하는 덕분에 수현의 이름은 물론이고, 로열 가드의 이름까지 덩달아 한일 양국에 드높였다.

특히 시합 전과 시합 후를 비교하면 유례가 없을 정도로 일본 내에서 로열 가드의 인지도가 단기간에 급속한 상승을 하였다.

켄고 무사시와 시합을 하기 전 수현은 그저 잘생기고 노래와 연기를 하는 연예인 정도였다.

아무리 수현이 연기를 잘해 그가 출연한 드라마가 일본에 방영되었다고 해도 그건 방송이 방영되는 일부 지역에 국한

된 것으로, 일본 전국적으로 보자면 수현이나 로열 가드의 인지도는 그리 높지 않았다.

하지만 시합 뒤에는 전혀 달라졌다.

켄고 무사시는 일본 내에서 전국적인 인지도를 가진 격투기 선수였다.

웬만한 연예인들은 그와 비교해서 명함도 내지 못할 정도로 유명한 사람이었다.

그런 켄고 무사시를 일명 초살이라 불릴 정도로 한 방에 보내 버렸으니 수현의 이름이 일본의 전국으로 퍼지는 것은 일도 아니었다.

더욱이 프로 격투기 선수도 아닌 연예인이 자신의 나라를 비하하는 켄고 무사시에 맞섰다는 것이 일본인들에게는 신선하게 다가와 더욱 높은 인기를 얻게 되었다.

만약 수현이 프로 격투기 선수였다면 아무리 켄고 무사시를 시합에서 이겼다고 해도 이렇게까지 이슈화 되지 않았을 것이다.

아니, 어쩌면 한국인 선수가 자국을 대표하는 선수를 이겼기에 일본 내에서 안티가 더 많아졌을지도 모른다.

하지만 수현의 직업은 격투기 선수가 아니라 연예인으로 일명 딴따라다.

그런 수현이 현대의 무사와 같은 프로 격투기 선수를 이긴 것이다.

그것도 압도적인 차이로 말이다.

일본인들은 자국에 대한 자부심이 무척이나 높다.

그리고 또 그와 비례해 강함에 대한 동경도 엄청나다.

수현은 일본인들이 보기에 가장 이상적인 사람이었다.

잘생긴 외모와 큰 키에 노래와 춤은 물론이고, 연기까지도 잘하는 연예인이며, 그와 함께 싸움 실력도 출중하다.

왜소한 체구가 많은 일본인들이 보기에 그런 수현은 가장 완벽한 인간상이었다.

그 때문에 한국인인 수현이 자국을 대표하는 격투기 선수를 이겼음에도 인기는 드높았다.

그래서 사실 오늘 팬미팅에 오기 전까지 수현과 로열 가드는 일본에 체류하고 있었다.

원래 계획은 9월에 있을 팬미팅을 준비하기 위해 다른 활동은 모두 중단할 생각이었는데, 일본에서 들어온 조건이 너무 좋아 어제 밤늦게까지 일본에서 스케줄을 소화하고 오늘 새벽에 한국으로 넘어온 것이다.

이렇듯 국내외로 맹활약을 하는 바람에 넘사벽이라 할 정도로 그 차이가 큰 인지도를 보이는 수현이지만, 로열 가드 멤버들은 이미 그러한 것을 당연하게 받아들이는 지경에 이르렀다.

질투를 하기는커녕 오히려 수현이 그런 활약을 해주길 은근히 기대하고 있었다.

그도 그럴 것이, 수현이 해외에서 섭외를 받을 때면 언제나 로열 가드 멤버들이 함께하는데, 이때 로열 가드의 출연료는 아홉 명이 공평하게 나눴다.

물론 그 공평하다는 것이 리더인 수현과 수익 분배가 공평하다는 것은 아니다.

다른 멤버와 수현은 계약 당시 분배 비율이 달랐다.

멤버들도 모두 그것을 알고 인정하는 분위기였다.

로열 가드로 데뷔를 하기 전부터 수현은 연예계에서 활동하고 있었기 때문에 자신들과 다르다는 것을 인정하는 것이다.

그 대신 수현이 리더로서 멤버들에게 불만이 생기지 않게 수익 분배를 조정해 주고 회사도 그것을 인정해 주고 있었다.

이미 겨우 데뷔 1년을 마치고 2년 차로 들어가는 아이돌 그룹이라고는 믿기지 않을 정도로 좋은 처우였다.

그런데 리더인 수현까지 멤버들을 잘 챙겨왔기에 킹덤 엔터의 관리자들이 생각하는 것보다 로열 가드의 멤버들은 현재 상태에 대해 별다른 불만이 없었다.

다른 아이돌 그룹 같으면 리더나 멤버들의 나이 차이가 고만고만하고, 또 나이 차이가 많이 나는 멤버들이라고 해도 사회 경험이 연예 기획사 내의 경험 정도뿐이라 벌어지는 상황들에 대한 대처가 서툴 수밖에 없다.

그에 반해 수현은 원래 연예계에는 관심도 없던 평범한 일반인이었다.

그래서 가진 경험이 많은 편이었다.

군대도 다녀오고, 태권도 사범이라는 사회 경험도 있고, 또 슈퍼스타의 경호원, 그리고 모델 등 아이돌이 되기 전 많은 사회 경험을 하였다.

그러다 보니 일반적인 아이돌 그룹의 리더들과는 생각의 깊이부터 달랐다.

더욱이 형제 없는 수현이기에 대신 자신보다 어린 멤버들을 친동생처럼 생각하고 보살펴 왔기에, 로열 가드의 멤버들도 수현을 친형처럼 따르다 보니 킹덤 엔터의 간부들이 생각하는 이상으로 이들의 유대감은 끈끈했다.

여느 아이돌 그룹과는 다른 양상인 것이다.

그저 어른들의 괜한 일반화에서 비롯된 걱정일 뿐 사실 굳이 이런 팬미팅을 하지 않아도 로열 가드가 파탄이 날 일은 없었다.

그러니 현재 팬미팅을 준비하는 로열 가드의 멤버들의 표정은 여느 때와 마찬가지로 편안할 뿐이었다.

*　　　*　　　*

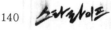

"자! 이번 시간에는 우리 로열 가드 멤버들에게 하고 싶

은 이야기나 바라고 싶은 소원을 말해 보는 시간을 가져 보겠습니다."

로열 가드의 1주년 팬미팅의 진행을 보고 있던 윤비호는 마이크의 힘을 빌어 오늘 팬미팅을 찾은 이들 모두에게 소원을 전하는 방법을 알려주었다.

"오늘 이곳에 들어오기 전 킹덤 엔터의 직원들이 나눠 준 종이 있죠. 그곳에 하고 싶은 이야기를 적어주시면 됩니다. 그리고 참고로 나눠 드린 종이에는 일련번호가 있어 당첨된 분에게는 로열 가드 멤버들이 준비한 소정의 선물이 있으니 기대하세요."

지난 8월 14일 열린 한일 친선 격투기 대회를 준비하면서 인연을 맺은 개그맨 윤비호는 킹덤 엔터에서 로열 가드가 1주년을 기념해 팬미팅을 한다는 이야기를 듣고 무보수로 진행을 하겠다고 먼저 제안을 해왔다.

이런 윤비호의 제안에 킹덤 엔터에서는 처음에는 로열 가드의 인지도를 생각해 윤비호보다는 좀 더 인지도가 높은 MC를 찾았다.

국민 MC로 불리는 유재성이나 강호범, 이성규가 먼저 거론되었으나 그들의 인지도가 로열 가드를 오히려 능가하기에 격이 맞지 않는다 하여 바로 폐기되었다.

그리고 다시 거론된 이가 그들 이전에 명 MC로 이름을 날리던 원조 꽃미남 개그맨인 이훈재다.

이훈재는 '도전! 드림팀'의 MC로 활약을 했고 로열 가드의 멤버들과도 인연이 있어 잠시 거론이 되었지만, 요즘 한참 자질 논란이 일기에 다른 후보로 넘어갔다.

그렇게 명 MC라 불리던 이들이 하나둘 거론되었지만, 자질 문제나 인성 문제, 그것도 아니면 로열 가드의 이미지와 맞지 않는다는 이유로 모두 탈락을 하였다.

팬미팅이라고 해서 아무나 불러서 행사 진행을 맡길 수는 없는 일이다.

팬미팅 또한 아이돌 그룹에게는 콘서트 못지않게 무척이나 중요한 행사이기 때문이다.

그러던 중 로열 가드의 리더인 수현과 함께 한일 이벤트 격투 대회에 참가를 한 덕분에 한창 인기몰이하면서 인지도를 더욱 쌓고 있는 윤비호의 이름이 다시금 거론되었다.

이에 팬미팅을 준비하던 킹덤 엔터의 관계자들이나 로열 가드 멤버들도 윤비호의 이미지가 그의 캐릭터와 다르게 팬들에게 상당한 호감을 주고 있다는 것을 생각해 그를 로열 가드의 1주년 팬미팅의 MC로 섭외하기로 생각을 모았다.

처음 윤비호는 함께 고생을 한 수현을 생각해 무보수로 팬미팅 진행을 하려고 했었다.

하지만 킹덤 엔터에서 나서서 그런 윤비호에게 정당한 보수를 지급하기로 계약을 하였다.

비록 윤비호가 요즘 갑비호란 캐릭터로 인기를 얻기는 했지만 유명 개그맨이라고 부르기에는 조금 모자란 감이 있었고, 또 다른 연예인들에 비해 개그맨들의 보수가 상당히 낮아 생활고에 시달린다는 것을 알기에 그런 결정을 내린 것이다.

물론 윤비호가 생활고에 시달린다는 것은 아니다.

다만 인지도에 비해 개그맨들의 월수입이 적어 고생을 많이 하고 있었다.

그렇게 호의에서 시작된 윤비호의 제안이 정식 계약으로 이어져 서로 좋은 관계가 만들어졌다.

그 때문인지 윤비호도 팬미팅 진행을 하면서 보다 더 적극적이고 열정적으로 임하고 있었다.

윤비호의 말이 떨어지기 무섭게 팬들이 앉아 있는 객석에서 로열 가드 멤버들이 앉아 있는 무대로 종이 뭉치들이 날아들었다.

사전에 설명을 들어서 팬미팅이 시작되기 전에 미리 작성을 해두었기에 시간이 되자 일제히 그것을 무대로 던진 것이다.

퍽!

"억! 대단한 강속구를 가진 분도 계시군요."

여기저기서 날아들다 보니 로열 가드의 곁에 서 있는 윤비호에게도 종이 뭉치가 날아들었다.

종이 뭉치라 별로 아픔을 느끼지는 않았지만 개그맨인 윤비호는 본인의 직업의식 때문인지 과장되게 리액션을 하며 소리쳤다.

하하하하!

윤비호의 엄살에 객석에서는 웃음꽃이 피졌다.

"자, 그러면 로열 가드 멤버들께서 한 분씩 나와 팬분들이 로열 가드에게 전하는 메시지를 선택해 읽어보겠습니다. 한 분씩 나오세요."

윤비호는 바닥에 떨어진 종이 뭉치들을 가리켜 보이며 무대 중앙에 마련된 의자에 앉아 있던 로열 가드 멤버들에게 메시지 선택하는 걸 맡겼다.

이에 로열 가드 멤버들은 한 명씩 자리에서 일어나 바닥에 떨어진 종이 뭉치들을 하나씩 살폈다.

"모두 고르셨나요?"

"네!"

"그럼 리더인 수현 씨부터 할까요? 아니면 막내부터 할까요?"

윤비호가 팬들을 돌아보며 물었다.

모든 멤버들이 자신들이 적어 보낸 사연을 읽어준다는 것에 흥분되어 무대를 주목하던 팬들은 하나같이 수현의 이름을 외쳤다.

"수현! 수현!"

팬들의 외침에 윤비호는 로열 가드를 돌아보며 미소를 지어 보였다.

"역시나 팬들이 기사단장님을 찾는군요. 자, 수현 씨, 어서 나와주세요."

자신이 그렇게 되도록 유도했으면서도 윤비호는 그게 팬들의 요구라는 듯 수현을 보며 이야기를 하였다.

그런 윤비호의 말에 수현이 앞으로 나서자 무대 중앙을 밝히던 조명이 하나둘 줄어들고, 오직 수현만을 핀조명으로 비췄다.

부스럭!

구겨진 종이 뭉치를 펴고 그것을 읽기 시작하는 수현.

[안녕하세요. 전 열아홉 살 성화 고등학교에 다니는 성예림이라고 합니다. 저에게는 너무도 고마운 친구가 한 명 있어요. 그 친구는 제가 왕따를 당할 때 도와준 것 때문에 제 대신 왕따가 되었어요. ……(중략)…… 그럼에도 공부도 잘하고 수시에도 합격을 하였습니다. 하지만 가정 형편이 어려워 대학을 포기한다고 해요. 제발 제 친구에게 힘내라고 말해주세요. PS:오늘 그 친구랑 함께 왔어요.]

사연을 읽던 수현은 순간 뭔가 심장을 흔들고 지나가는 듯한 느낌을 받았다.

*　　　*　　　*

고3인 성예림은 로열 가드의 1주년 팬미팅이 있다는 소식을 듣고 인터넷으로 신청을 하였다.

보통 고3이라면 이제 얼마 남지 않은 입시 준비로 정신이 없을 때이지만 성예림은 그렇지 않았다.

이미 수시에 합격을 했기 때문에 굳이 다른 학생들과 같이 열심히 준비를 할 필요가 없었다.

그래서 친구가 좋아하는 아이돌 그룹인 로열 가드의 팬미팅 참가 신청을 한 것이다.

사실 성예림은 로열 가드의 팬은 아니었다.

아이돌보다는 배우나 연기자들에게 더 관심이 많은 학생이었다.

하지만 학기 초 전학을 오면서 왕따가 된 자신을 돕다가 왕따가 돼버린 친구가 로열 가드의 팬이기에 따라서 노래를 듣다 반해서 팬이 되었다.

그러나 성예림이 이번 팬미팅에 참가하기 위해 신청한 이유는 전적으로 친구를 위해서였다.

자신처럼 수시에 합격을 했지만 집안 형편 때문에 학업을 포기해야 하는 친구를 위로하기 위함이었다.

그리고 하늘의 보살핌인지 사연이 선정되면서 친구와 함께 팬미팅에 올 수 있게 되었다.

그런데 팬미팅 장소에 도착을 하니 로열 가드에게 하고 싶은 이야기를 적어보라며 기획사 직원이 A4용지를 한 장 씩 나눠 주었다.

이에 성예림은 함께 온 친구 몰래 자신과 친구의 사연을 적었다.

솔직히 그녀는 자신의 글이 로열 가드의 멤버들에게 선택이 될 것이라고는 기대하지 않았다.

그도 그럴 것이, 이곳 팬미팅 장소를 찾은 로열 가드의 팬들 숫자는 무려 700명이나 되었다.

서울은 물론이고, 지방에 있는 팬들까지 고려하여 일정 지역 비율로 티켓을 배포했다고 들었다.

700:9라는 엄청난 확률 속에서 자신의 사연을 로열 가드의 멤버들 중 누군가 고른다는 것은 정말이지 하늘의 별 따기라 생각했다.

아니, 팬미팅에 올 수 있게 된 것만도 하늘의 보살핌이라 생각했기에 아예 사연이 선택될 거라는 희망을 버렸다.

그런데 그녀의 행운은 팬미팅 참가로 그치지 않을 모양이었다.

사연이 채택된 걸로도 모자라, 그 사연을 집어 든 이가 수현인 것을 보면.

'세상에……!'

*　　*　　*

"PS:오늘 그 친구랑 함께 왔어요."

수현은 자신의 손에 들린 종이에 적힌 팬의 메시지를 끝까지 읽었다.

"음!"

글을 다 읽은 수현은 잠시 자신도 모르게 짧은 탄식을 흘렸다.

그런 수현의 모습에 팬들도 살짝 긴장을 하였다.

"친구를 도와주다 왕따가 되고, 또 친구를 위해 그녀가 좋아하는 연예인의 팬미팅에 참가 신청을 하고, 힘내라고 말을 해주는 두 친구의 우정이 한편으로 부럽다는 생각이 들기도 하지만, 정말 절 한없이 부끄럽게 만드네요."

수현은 잔잔한 목소리로 글을 읽고 느낀 바를 솔직히 드러냈다. 그리고 왕따에 대한 자신의 생각을 팬들 앞에서 가감 없이 이야기하였다.

"왕따란 우리 사회에서 없어져야 할 아주 나쁜 짓입니다. 왕따를 당하는 학생을 도와주면 자신도 왕따가 될 것을 알면서도 도움의 손을 내민 그 친구에게 박수를 보내고, 또 친구가 불우한 형편으로 학업을 포기한 것을 안타까워하여 응원을 보내는 그 친구에게도 박수를 보냅니다. 그리고 여러분!"

수현은 이야기를 하다 말고 갑자기 팬들을 보며 그들을 불렀다.

"네!"

팬들은 수현이 갑자기 자신들을 부르자 이유도 모르면서 합창하듯 대답을 하였다.

"이런 친구들에게 뭔가 보상을 해줘야 하지 않을까요?"

그의 질문은 계획된 것도 또 뭔가 이용하기 위해서도 아닌, 그저 팬의 글을 읽고 가슴이 시키는 것을 그대로 표현한 것뿐이었다.

너무도 아름다운 이야기에 감동하여 그것을 팬들과 함께 공유하고 싶은 수현의 마음이었던 것이다.

웅성! 웅성!

갑작스러운 수현의 질문에 팬들은 순간 어떻게 판단을 해야 할지 몰라 주변 친구들과 이야기를 나누느라 정신이 없었다. 수현의 말이 무엇을 뜻하는지 파악하기 어려워서였다.

그러자 수현이 좀 더 말을 이어가며 자신의 뜻을 전하였다.

"자신이 왕따를 당할 수도 있음에도 친구에게 도움의 손길을 내밀 줄 아는 이렇게 바른 학생이, 불우한 형편 때문에 대학에 합격하고도 학업을 포기하는 건 이 사회에 너무도 아까운 일이라 생각합니다."

이야기를 하다 말고 수현은 잠시 한 템포 쉬면서 주변을 돌아보았다.

'아, 저 학생인가 보군!'

팬들이 앉아 있는 객석을 돌아보던 수현의 눈에 유난이 눈을 반짝이며 뭔가를 열망하는 눈빛으로 자신을 쳐다보는 여학생 두 명이 들어왔다.

"전 개인적으로 착한 일을 한 사람은 그에 합당한 보상을 받아야 한다고 생각합니다. 그래서 이 사연의 주인공과 이런 친구의 사연을 용감하게 제가 알려준 그 학생에게 제 개인적으로 입학금과 1년 학비를 지원하겠습니다. 그리고 만약 입학 후 일정 학점을 유지한다면 남은 학기 학비도 지원하겠습니다."

자신이 하고자 하는 말을 모두 마친 수현은 자신의 자리로 돌아갔다.

너무도 충격적인 내용이기 때문일까? 수현이 제자리에 앉을 때까지도 장내는 침묵으로 물든 채였다.

하지만 그것도 잠시, 어느 정도 충격이 가시자 방금 전 수현이 어떤 했는지 깨달은 팬들로부터 폭발적인 반응이 터져 나왔다.

와아! 와아!

후우!

짝! 짝! 짝!

어느 순간 팬들은 일제히 환호성과 함께 휘파람을 불었다.

그리고 제자리에서 일어나 기립 박수를 쳤다.

자신들이 사랑하는 아이돌이 팬들을 위해 사연을 읽고 그에 보답을, 그것도 엄청난 보상을 하는 것에 열광하는 것이다.

대학 입학금과 1년 학비라면 천만 원이 넘는 엄청 큰 금액이다.

물론 톱스타인 수현에게는 크게 부담되지 않는 금액일지 모르겠지만 그래도 천만 원이 넘는 돈은 절대 적다고 할 수 없는 금액이었다.

팬의 사연을 듣고 감동했다고 천만 원이 넘는 거금을 쾌척한다는 것은 아무리 연예인이라도 쉬운 결정이 아니다.

그런데 수현은 너무도 쉽게 결정을 하고, 그에 그치지 않고 만약 학점을 유지한다면 졸업할 때까지 학비를 모두 해결해 주겠다고 선언한 것이다.

팬미팅에 온 팬들 중 일부는 이 놀라운 소식을 다른 이들에게도 알리고자 인터넷에 그대로 올렸다.

안 그래도 팬미팅에 오지 못한 다른 친구들에게 실시간으로 현장 상황을 중계하던 차였다. 그래서 현장에 오지 못한 로열 가드와 수현의 팬들은 재빠르게 소식을 접할 수 있었고, 모은 인맥을 동원하여 수현의 공약을 많은 사람들에게 퍼트렸다.

이 때문에 수현의 공약은 짧은 시간 만에 실시간 검색어 순위에 올라가며 또 하나의 기록을 세웠다.

한편, 사연을 적은 성예림은 물론이고, 그 옆자리에 함께 온 친구 정수림은 서로 부둥켜안고 울었다.

"예림아, 들었어?"

"응, 수현 오빠가, 수현 오빠가……."

수림과 예림은 서로 껴안고 울면서 뭔가를 이야기하려 하였지만 너무도 격앙되어 제대로 그 뜻을 말할 수 없었다.

하지만 그 둘은 너무도 절친한 사이이다 보니 제대로 된 단어가 없음에도 서로가 무슨 말을 하려는 것인지 모두 알아들었다.

"나, 그럼 대학에…… 끄윽, 갈, 갈 수……."

"응, 방금 그랬잖아! 수현 오빠가. 흐흑!"

예림과 수림이 그렇게 서로를 껴안고 이야기하고 있을 때, 이들의 곁에 있던 팬들은 그제야 이들이 방금 전 사연의 주인공들이란 것을 알고 따뜻한 미소와 함께 박수를 보내주었다.

그렇게 수현의 폭탄과도 같은 장학금 지급 선언에 팬미팅 현장은 한참 동안 고조된 감동이 떠나가질 않았다.

*　*　*

"와! 역시 우리의 기사단장입니다. 감동적인 사연에 장학금 쾌척! 존경합니다."

윤비호는 장내가 어느 정도 진정이 되자 다시 진행을 하기 시작하며 수현에게 멘트와 함께 고개를 숙였다.

호우!

짝! 짝! 짝!

그에 호응해 팬들 사이에서 다시 한 번 열화와 같은 환호성과 박수가 쏟아졌다.

이 열기를 이어가기 위해 윤비호는 로열 가드 멤버들을 둘러보았다. 다음을 누가 이어가면 좋을지 살피는 것이다.

"다음으로 나오실 멤버는……"

그러나 윤비호의 호명이 끝나기도 전에 윤호가 자리에서 일어났다.

감동적인 사연을 읽은 수현이 즉흥적으로 장학금 지급 선언을 하면서 팬미팅이 잠시 중단이 되었을 때, 윤호는 자신이 들고 있던 사연을 읽어보았다.

그리고 그 사연 또한 너무도 감동적이라 기다리지 못하고 먼저 나선 것이다.

"이번에는 제가 읽어보겠습니다!"

앞으로 나선 윤호는 들고 있던 사연을 찬찬히 읽어 내려갔다.

윤호가 고른 내용은 아픈 자식을 걱정하는 아버지의 사연이었다.

로열 가드를 좋아하는 아들이 사고로 팬미팅에 참가하지 못하게 된 사연과 함께, 원래라면 아픈 아들의 곁에 있어야 하지만 영상을 찍어 병원에 있는 아들에게 보여주기 위해 로열 가드의 팬미팅에 참가를 했다는 이야기였다.

종이에 적힌 내용을 모두 읽은 윤호가 자신이 할 수 있는 일을 약속했다.

"종훈이 아버님께서는 팬미팅이 끝나면 그냥 가지 마시고 저와 함께 종훈이가 입원한 병원에 가시지요."

와아!

짝! 짝! 짝!

윤호의 공약에 다시 한 번 팬들 사이에서 환호성과 박수가 터져 나왔다.

"하하, 이거 감동의 쓰나미입니다. 우리 기사단장님에 이어서 나이트 R 윤호까지 정말 이 갑비호 고개를 들 수가 없네요. 안 그렇습니까? 여러분!"

윤비호는 수현에 이어 막내 라인의 윤호까지 팬의 사연을 읽고 그에 보답이라도 하듯 공약을 하는 모습에 흥분했다.

그에 팬들도 자신들의 예상을 뛰어넘는 로열 가드의 팬에 대한 사랑에 더욱 감동하였다.

그 뒤로도 로열 가드 멤버들은 차례로 나와서 자신이 고른 사연들을 읽고 자신이 들어줄 수 있는 범위 내에서 팬들이 원하는 소원들을 들어주었다.

이렇게 로열 가드의 1주년 팬미팅은 감동적이고 성공적으로 끝마쳤다.

그러나 로열 가드 팬미팅과 관련한 이슈는 그 뒤에도 끊임없이 이어졌다.

수현이 등록금과 학비를 지원하겠다는 공약이 실제로 지켜진 인증 사진이 인터넷에 올라왔다. 성예림과 정수림이 대학 등록금과 1년 학비에 해당하는 금액이 담긴 장학증서를 SNS를 통해 세상에 알린 것이다.

그리고 그날 팬미팅이 끝나고 윤호뿐만 아니라 로열 가드 전 멤버가 병원에 출동하여 사연의 주인공 아들을 만났을 뿐만 아니라 소아병동에 있던 아이들과 함께 시간을 보냈다.

그날의 사진도 마찬가지로 인터넷에 올라오면서 9월은 한 달 내내 로열 가드의 이름이 인터넷 뉴스를 장식했다.

하지만 그런 로열 가드의 미담도 10월이 되면서 각종 쏟아지는 사건들 속에 묻혔다.

Chapter 5

생일상 차리기

와아!

짝! 짝! 짝! 짝!

"감사합니다."

로열 가드의 유닛 중 하나인 나이트 R이 노래를 끝내고 정중하게 인사한 뒤 무대를 내려왔다.

그렇지 않아도 대학 축제와 기업들의 각종 행사에 섭외가 많은 로열 가드는 데뷔 1주년 팬미팅 당시 행한 미담 때문에 더욱 정신없는 스케줄을 소화하고 있었다.

작년까지만 해도 월드 스타 최유진의 도움 덕분에 많은 행사를 다녔지만 올해는 높아진 로열 가드 인지도만으로도 찾는 곳이 넘쳐 났다.

그래서 로열 가드라는 완전체 그룹으로 스케줄을 소화하지 못하고, 원래 킹덤 엔터에서 기획했던 것처럼 유닛으로만 스케줄을 다니고 있었다.

"수고했다."

무대를 내려오는 나이트 R 멤버들을 보며 전담 매니저인 전창걸이 멤버들의 어깨를 두드리며 격려하였다.

현재 전창걸은 로열 가드의 성공으로 실장에서 부장으로 승진을 하였고, 그 밑으로 과장급으로 보조를 한 명 받아 나이트 G의 전담으로 붙여 스케줄을 보냈다.

"이제 한성 대학교만 가면 오늘 스케줄은 끝이다."

"와아! 정말 돈 버는 것도 좋지만 요즘 너무하는 것 아니에요?"

전창걸의 말에 윤호가 조그만 불평을 하였다.

"뭐 어떻게 하냐! 다 너희가 자처한 일인 것을."

운전석에 앉은 전창걸은 뒤도 돌아보지 않고 윤호의 불만을 잠재웠다.

"떠들 힘 있으면 눈 좀 붙이고 있어! 도착하면 깨워줄게!"

"네!"

부우웅!

백제 대학교를 출발한 밴은 빠르게 출입구를 빠져나와 도로에 진입을 하였다.

*　　　*　　　*

끼이익!

늦은 시각, 시계는 벌써 12시를 넘어 새벽 1시 20분을 가리키고 있었다.

마지막 스케줄이었던 한성 대학교가 지방에 있던 행사였기에 행사를 마치고 숙소가 있는 서울로 올라오다 보니 시간이 이렇게 늦어진 것이다.

"도착했다. 그만 일어나라!"

전창걸은 외부 주차장에 주차를 하고 뒤를 돌아보며 소리쳤다.

"수고하셨습니다."

가장 먼저 수현이 밴에서 내리며 전창걸에게 인사를 하였다.

다른 멤버들이 무리한 스케줄로 지쳐 차에서 쪽잠을 자고 있을 때, 수현은 이어폰을 꽂고 외국어 공부를 하고 있었다.

보통 사람과는 비교도 되지 않는 체력을 가지고 있는 수현이기에 다른 멤버들이 모두 지쳐 잠에 곯아떨어졌어도 그는 수양을 위해 공부를 하고 있었던 것이다.

수현은 대학을 가지 않은 것에 대한 콤플렉스가 있어 다른 사람들에게 꿇리지 않기 위해 스스로 노력을 하는 중이었다.

아무도 수현에게 뭐라 하지 않았지만 수현 본인이 학력에 대한 자격지심을 가지고 있어서였다.

전창걸은 수현이 자칫 건강을 해칠까 걱정이 되었다.

"그래, 수현이도 수고했다. 그리고 보기에는 좋지만 차 안에서 너무 책 들여다보지 말아라! 눈 나빠진다."

"네, 조심할게요."

"그래."

수현이 밴에서 내리고 숙소로 향한 뒤에도 다른 멤버들은 여전히 잠에서 깨어나질 못하고 있었다.

"오윤호! 김성민! 일어나!"

전창걸은 비몽사몽인 오윤호와 김성민의 이름을 크게 부르며 깨워 댔다.

"으으, 뭐야! 여긴 어디……."

윤호가 그나마 먼저 정신을 차리자 전창걸은 그를 다시 한 번 흔들어 깨웠다.

"숙소로 들어가 편하게 자라!"

"앙, 벌써 도착한 것인가? 하암……."

윤호는 전창걸의 호통에 주변을 돌아보고는 익숙한 풍경에 그제야 자신이 있는 곳이 어딘지 깨달았다. 너무 피곤한 나머지 윤호는 반쯤 눈이 풀린 채로 터덜터덜 아파트 입구로 걸어 들어갔다.

"성민아! 김성민!"

윤호가 숙소로 향한 뒤에도 아직 잠이 깨지 않은 김성민이 밴에 남아 있었다.

"아, 이놈 잠이 깊이 들었네!"

김성민이 윤호와 함께 막내 라인이라고는 하지만 키나 덩치는 다른 형들과 그리 다르지 않았다.

180㎝가 넘는 키에 댄스 팀에 속하다 보니 상당한 근육질의 몸이다.

그러다 보니 김성민도 보기보다 꽤 무게가 나가는 편이었다.

잠든 성민을 데리고 숙소로 올라가자니 엄두가 나지 않아 둘러멘 전창걸이 난색을 표하며 고민하는데 그의 귓가에 구원의 천사가 하는 복음이 들렸다.

"성민이는 제가 데리고 들어갈게요. 늦었는데 실장님도 그만 들어가세요."

"어? 안 들어갔었어?"

먼저 들어간 수현이 다시 앞에 나타나자 전창걸이 놀라 물었다.

"잠깐 편의점에 좀 다녀왔습니다."

수현은 대답을 하면서 손에 든 봉투를 들어 보였다.

봉투 안에는 커다란 생수가 담겨 있었다.

"웬 생수냐?"

"네, 숙소에 물이 다 떨어져서요."

수현은 전창걸의 질문에 별거 아니란 듯 대답을 하였다.

"그런 것이라면 매니저들에게 말하면 되는 일인데 뭐 하러 직접 사러 간 거야!"

전창걸은 인상을 쓰며 말했다.

연예인이 매니저 놔두고 직접 뭔가를 사려고 나가자 자신이 일을 잘 못하고 있는 듯 느껴져 그런 것이다.

"모두 바쁘잖아요. 내일은 좀 한가하니 숙소에 물 좀 가져다주세요."

수현은 전창걸이 무엇 때문에 그러는 것인지 알기에 별거 아니란 듯 말을 하며 부탁하였다.

"알았다. 용근이 시킬 테니 다음부터는 그러지 마라!"

"알겠습니다. 성민이 저한테 주고 그만 가보세요."

"그래, 그럼 부탁한다."

전창걸은 그렇게 성민을 수현에게 인계하고는 차를 타고 떠났다.

밴이 아파트 단지를 빠져나갈 때까지 잠시 그 자리에서 지켜보던 수현은 잠이 든 성민을 어깨에 메고 아파트 출입구로 들어갔다.

*　　　*　　　*

치이이! 칙! 칙! 치이!

달그락! 달그락!

"뭐지?"

눈을 뜬 수현은 숙소 어디선가 들리는 작은 소음에 살짝 미간을 찌푸리며 상황을 체크하였다.

어제 늦게까지 스케줄을 했기에 오늘은 오후에 스케줄이 있어 아직 일어날 때가 아니었다.

그런데 숙소에 뜻하지 않은 소음이 들리자 이상한 생각이 든 수현은 확인차 방을 나섰다.

덜컹!

그렇게 소음의 진원지를 찾아 이동을 하다 보니 주방이었다.

"어?"

생각지도 못한 상황에 수현은 놀라 소리쳤다.

"응? 수현이 형, 나오셨어요."

한창 주방에서 뭔가를 만들고 있던 조원이 인기척 소리를 듣고 돌아보다 수현을 발견하고는 아침 인사를 하였다.

"그, 그래. 그런데 뭐 하고 있던 거냐?"

언뜻 보기에도 아침을 하는 것 같았지만, 멤버들이 평소에 아침을 잘 먹지 않기에 이해가 가질 않아 하는 질문이었다.

"아, 그게요."

조원은 수현의 질문에 어정쩡한 미소를 지으며 대답을 하였다.

그가 하는 이야기는 이러하였다.

얼마 뒤면 아버지 생신인데, 직접 아버지 생일상을 차려 드리고 싶어 연습을 하는 중이었다.

"마침 오신 김에 어떤지 맛 좀 봐주세요."

"그래? 어디 한 번……."

수현은 조원이 내미는 수저에 입을 가져다 대며 그가 끓인 미역국의 간을 보았다.

"으음, 괜찮은데!"

"그래요? 간은 어때요? 좀 싱겁지 않나요?"

조원은 수현이 괜찮다는 반응을 보이자 신이 나서 간은 어떤지 물었다.

자신이 맛을 보았을 때는 조금 싱거운 것도 같았기 때문이다.

"내 입에는 딱 좋다. 아버님께서 입맛이 어떤지 모르니 따로 국간장을 준비하는 것이 좋겠다."

"그래요? 저희 집은 좀 짜게 먹는 것 같은데, 그래도 형 말대로 따로 준비하는 것이 좋겠네요."

수현의 말에 조원은 잠시 생각하더니 수현의 말을 따르기로 하였다.

집에선 간을 조금 세게 하는 경향이 있는데, 고혈압이 있으신 아버지를 생각하면 처음부터 간을 세게 할 필요가 없을 것 같아 그렇게 하기로 한 것이다.

"이것들도 좀 봐주세요."

조원은 미역국에 이어 불고기와 잡채도 그릇에 조금 덜어 수현의 앞에 내놓았다.

수현은 조원이 내미는 그릇을 받으며 물었다.

수현은 조원이 준 불고기와 잡채의 맛을 보고 고개를 끄덕이며 조원에게 엄지를 척! 내보였다.

"맛 괜찮네! 이런 것은 언제 배운 것이냐?!"

"히히!"

조원은 수현의 칭찬에 한 손으로 머리를 긁적이며 빙구 같은 미소를 지었다.

"제가 요즘 예능 프로 하나 하고 있잖아요."

"응, 그게 천선생이던가?"

수현은 조원의 말에 곧 프로그램을 떠올렸다.

"네, 그게 케이블에서 하는 요리 프로그램인데, 그분이 요리 연구가시잖아요."

"그래."

수현도 로열 가드 멤버인 조원이 예능 프로그램에 들어간 것을 알기에 몇 번 같이 모니터를 한 기억이 있었다.

요즘은 너무 바빠 함께 모니터를 할 시간이 없어 보지 못했지만, 초기에는 멤버들이 함께 모여 다른 멤버가 출연한 프로그램을 모니터해 주기도 했었다.

"그분이 요리를 너무도 쉽게 하시고, 또 쉽게 하는 방법을 가르쳐 주시더라고요."

"맞아! 그분 참! 요리를 쉽게, 쉽게 하시더라!"

수현도 조원의 말에 고개를 끄덕였다.

자주 본 것은 아니지만 함께 모니터를 할 때 보니 천선생이라는 요리 연구가가 하는 요리들은 따라 할 수 있을 정도로 너무도 쉬워 보였다.

"네, 여기 이게 프로그램 할 때 배워서 만들어본 만능 간장이에요."

조원은 수현을 보며 마치 자랑이라도 하듯 천선생과 함께 프로그램을 하면서 만들었던 만능 간장을 보여주었다.

"음!"

수현은 조원이 내민 만능 간장을 보다 문득 맛을 보고 싶은 생각이 들어 살짝 맛을 보았다.

일반 간장과는 다르게 조금 달짝지근하면서도 무척이나 감칠맛이 나는 간장이었다.

"요리를 너무 어렵게 생각해서 힘든 것이지 방법만 알면 무척이나 간단하더라고요."

조원은 요리 수업 도중 들었던 천선생이 하던 설명을 그대로 성대모사까지 하며 이야기를 하였다.

'아! 나는 왜 이런 생각을 하지 못했을까!'

수현은 문득 조원을 보며 그런 생각을 하였다.

스물여섯 살이 되는 동안 수현은 한 번도 요리를 하여 부모님께 대접해야 하겠다는 생각을 하지 못했다.

그런데 어린 조원이 자신도 생각지 못한 일을 행동으로 실천하고 있는 것에 수현은 반성하였다.

그동안 자신은 돈만 많이 벌어다 주면 되는 것이라 생각하고 연예인이라는 핑계로 부모님을 자주 찾아뵙지도 않았다.

스케줄이 바쁘기도 했지만 쉬는 날에는 개인적인 일을 하느라 가보지 않은 것이다.

그런데 자신보다 네 살이나 어린 조원이 자신보다 어른스러운 생각으로 노력하는 모습을 보니 너무도 부끄러웠다.

"이거 널 보니 내가 다 부끄럽다."

수현은 조원을 보며 반성하였다.

"뭘 이런 것 가지고 그러세요. 형은 부모님께 집도 사드리고 또 가게도 내드렸다면서요."

조원은 자신을 보며 칭찬하는 수현의 말에 얼굴이 살짝 상기되어 그렇게 말했다.

수현은 그동안 번 돈으로 부모님께 집이며 편하게 장사를 하실 수 있게 가게도 차려주었다.

자신은 아직 그런 정도로 돈을 벌지 못했기에 하지 못했지만 조원도 조만간 어느 정도 돈이 모이면 부모님께 집을 사드릴 생각을 하고 있었다.

"이 정도면 어디 내놔도 부끄럽지 않겠다."

수현은 조원이 준 음식들의 맛을 보고 그렇게 말을 하고는 거실로 이동하였다.

그러면서 속으로 자신도 조원처럼 요리를 배워 직접 부모님께 생일상을 차려 드리겠다는 계획을 세웠다.

'그렇지 않아도 얼마 뒤면 어머니 생신인데 내 손으로 생일상을 차려 드려야겠다.'

이제 생각해 보니 어머니는 생일이 추석 전후로 낄 때가 많아 본인의 생일상을 받아본 적이 없으셨다.

생일이 추석 이후면 차례 음식이 남아 그것으로 대충 때우고 넘어가셨고, 또 생일이 추석 전이면 차례 음식 장만으로 바빠 본인의 생일을 챙기지 않으셨다.

어려서는 그게 당연한 것인 줄 알고 넘어갔는데, 조금 전 조원의 모습을 보고 나니 느껴지는 바가 많았다.

그렇게 자신의 잘못을 반성하면서 수현은 거실 소파에 앉으며 탈랜트 상점을 오픈하였다.

요리

한식, 중식, 일식, 양식, 서바이벌 쿠킹

탈랜트 상점을 열어서 요리 부분을 확인하자 요리 카테고리에 한식, 중식, 일식, 양식과 서바이벌 쿠킹이란 목록이 나왔다.

수현은 그것을 들여다보며 한참을 고민하였다.

그도 그럴 것이, 보유한 포인트는 한정되어 있는데, 요리 카테고리 내에 무려 다섯 가지나 되는 목록이 있었기 때문이다.

더군다나 요리 카테고리는 물론이고, 세부 목록도 초, 중, 상급으로 등급이 나눠져 있으며 다른 재능들처럼 각 등급별로 1~5Lv로 되어 있었다.

즉, 큰 주제인 요리만 해도 마스터를 하려면 총 15개의 포인트가 필요했고, 그 아래로 세부적으로 나누어진 주제만도 다섯 개나 되어 총 12개의 포인트가 필요했기 때문이다.

"아!"

어떤 것을 고를까 고민하던 수현은 문득 생각나는 것이 있었다.

전문 요리사가 될 것도 아닌데 굳이 모든 재능들을 마스터할 필요가 있는가 하는 것이었다.

그리고 어느 하나를 마스터하면 그와 연관된 것들에 어드밴티지가 주어져 두 번째부터는 굳이 처음부터 포인트를 소모하지 않아도 된다는 것이 뒤늦게 기억났다.

그러자 포인트 사용에 대한 고민이 줄어들었다.

하지만 한 가지 고민이 사라지자 또 다른 고민이 나타났다.

'어떤 것을 마스터하지?'

어떤 것을 마스터해야 보다 쉽게 요리를 배울 수 있을까 하는 생각이 든 것이다.

'한식? 중식? 아니면 일식? 어떤 것을 마스터하지?'

수현은 한참을 고민하였다.

"수현이 형! 거기서 뭐 하세요?"

화장실에서 샤워를 마치고 나오던 박정수가 수현을 보며 물었다. TV도 켜지 않고 거실 소파에 앉아 멍하니 있는 수현의 모습에 이상하다 여긴 것이다.

"어, 엉? 아, 뭐 좀 생각할 것이 있어서!"

수현은 갑자기 들린 정수의 목소리에 대답하고 다시금 생각에 잠겼다.

평소 확실한 모습만 보여주던 수현이 뭔가 나사가 하나 풀린 듯 멍하니 있는 모습에 박정수는 궁금증이 생겨 다가와 물었다.

"뭔데 그렇게 고민을 해요?"

그런 정수의 질문에 수현은 잠시 그를 쳐다보다 물었다.

"정수야! 너라면 어떻게 하는 것이 좋겠냐?"

"뭐요?"

"누군가에게 직접 요리를 해서 대접하고 싶어. 그런데 요리라는 것이 가짓수가 많잖아!"

"그렇죠. 한식, 중식, 일식도 있고, 또 프랑스 요리를 비롯한 서양 요리도 있고…… 많죠."

박정수는 수현의 물음에 손가락을 꼽으며 대답하였다.

"너라면 어떤 것을 배우겠냐?"

수현은 자신이 고민하던 것을 박정수에게 떠넘기듯 물었다.

물론 그가 어떤 대답을 하건 그대로 따를 생각은 없었다. 그저 그가 무슨 말을 하는지 참고하려는 것뿐이었다.

평소에도 엉뚱한 일을 많이 벌이는 조금 4차원적 성향을 가진 박정수라 어떤 대답을 해올지 궁금해 던진 질문이었다.

"뭘 그런 걸로 고민을 해요. 저라면 당연 다 배우죠. 난 천재니까!"

'이런…….'

아니나 다를까. 박정수의 말은 정말로 그다운 대답이었다.

'어? 아! 그런 수가 있구나!'

박정수의 대답에 고개를 살래살래 젓던 수현은 그러다 뭔가 뇌리를 스쳐 가는 것이 있었다.

'그렇지, 큰 단원인 요리를 마스터하고 다른 것들은 기본

적으로만 포인트를 사용해도 어느 정도 보정을 받을 것이 아닌가?!'

시스템의 보정으로 어떤 주제를 마스터하면 그와 연관된 카테고리가 영향을 받아 일정 부분 보정을 받는다는 것을 떠올린 수현은 대단원인 '요리'에 대한 재능을 마스터하기로 결정을 내렸다.

박정수의 대답에서 힌트를 얻어 결론을 내자 수현은 망설이지 않고 포인트를 사용해 요리를 마스터하였다.

요리 재능을 마스터하자 상태 창에 요리라는 목록이 추가가 되고 그 옆에 마스터를 뜻하는 약자 'M'이란 표시가 떴다.

'후후!'

요리가 마스터 레벨이 되자 수현은 지체하지 않고 한식, 일식, 중식, 양식에 1포인트씩을 투자하였다.

그러자 요리 재능을 마스터한 보상으로 1포인트만 올린 한식, 중식, 일식, 양식의 레벨이 초급에서 중급으로 올라섰다.

*　　　*　　　*

대학 축제의 달이자 가수들에게는 행사의 달인 9월도 끝이 났다.

그러다 보니 9월 한 달 동안 새벽부터 늦은 밤까지 전국적으로 스케줄을 다니던 로열 가드의 스케줄도 다시 정상으로 돌아왔다.

잡은 스케줄을 펑크 내지 않고 열심히 뛰어준 로열 가드 멤버들에게 킹덤 엔터에서는 3일의 휴가를 안겨주었다.

물론 킹덤 엔터도 열심히 일한 로열 가드에게 많은 휴식 시간을 주고 싶었다.

하지만 얼마 뒤면 방송가에 추석 특집 프로그램이 쏟아진다.

그러니 사전 녹화를 하는 추석 특집을 위해 많은 시간을 줄 수가 없었다.

예전 공중파 방송국 세 개만 있을 때는 이렇지 않았지만, 케이블 방송국까지 생기면서 스타들을 찾는 특집 프로들이 더욱 많아졌다.

로열 가드의 경우 이제는 아이돌 그룹 중 상위에 자리하기에 공중파 방송국은 물론이고, 케이블 TV와 해외에서도 출연 섭외가 들어왔다.

그렇기에 9월 한 달 동안 로열 가드 멤버들이 얼마나 고생했는지 알면서도 킹덤 엔터는 휴가를 많이 줄 수가 없는 것이다.

비록 3일뿐인 짧은 휴가였지만 적은 날은 다섯 개에서 많은 날은 열 개가 넘는 스케줄을 소화해 왔던 로열 가드 멤버들에게는 정말 빛과 같은 휴식이었다.

사실 다른 멤버들은 수현이 Kick—1 이벤트 경기를 위해 시합 준비를 하던 7월과 8월에 휴가를 받아 다들 집에 다녀왔다.

그래서 굳이 3일뿐인 짧은 휴가에 집에 다녀오기보단 여행을 간다거나 만나지 못했던 친구 등을 만나는 개인 시간을 가지기로 하였다.

수현은 그런 멤버들을 뒤로하고 숙소를 나섰다.

"그럼 짧은 휴가지만, 3일 뒤에 보자!"

수현에게는 따로 휴가 기간 동안 하고 싶은 일이 있었다.

예능 프로그램에 출연하면서 배웠던 요리로 아버지의 생일상을 직접 차린다는 조원의 말에 깨달은 바가 있던 수현은 그동안 아껴두었던 포인트를 이용해 요리 재능을 마스터하였다.

어차피 다른 것들은 엄청난 신체 스탯을 이용해 조금 더 시간을 투자하여 배울 수 있지만, 요리 같은 경우에는 뛰어난 신체 능력과는 아무런 연관이 없기에 단기간에 실력을 높이기 위해선 어쩔 수 없었다.

물론 신체 능력뿐만 아니라 높은 정신이나 지능 스탯으로 남들보단 빠르게 배울 수 있겠지만, 수현이 계획한 어머니 생신까지는 시간을 맞추기 어려웠다.

그러니 남는 포인트를 이용해서라도 요리 재능을 높여놓

은 것이다.

그리고 요리 능력을 가지고 있으면 연예인으로서 언젠가는 써먹을 수 있을 것 같기도 했다.

요즘 공중파나 케이블 TV를 보면 점점 요리 프로그램이 늘어나는 것을 볼 수 있었다.

로열 가드의 멤버인 조원이 참여하는 '가정식 천선생' 이 바로 그중 하나였다.

요리 연구가인 천종훈을 메인으로 해서 연예인 패널 네 명과 함께하는 TVM이라는 케이블 방송국에서 진행하는 프로그램이다.

내용은 정말 별거 없다. 그냥 스튜디오를 집이라 생각하고 어느 가정에나 있을 만한 재료들을 가져다가 간단하게 요리하는 프로그램이었다.

요리 연구가인 천종훈이 요리하고는 인연이 없는 연예인, 그것도 아직 미혼인 젊은 연예인들을 데려가 요리를 가르치는, 예전에도 비슷한 프로가 존재해 익숙한 포맷이었다.

다만 다른 점이 있다면 예전 요리 프로그램은 요리 연구가가 자신이 연구한 레시피를 일방적으로 소개하는 것이었다면, '가정식 천선생' 이란 프로그램은 집에서 누구나 쉽게 해 먹을 수 있는 요리 노하우를 알려준다는 데 있었다.

물론 가정식이라고 해서 퀄리티가 떨어지는 것은 아니다.

음식점에서 사 먹던 요리들을 집에서 간편하게 또는 비슷하게 만들어 먹는 것을 소개하면서 연예인이 직접 만들어보고, 또 바로 그 자리에서 시식도 하면서 어떤 점이 다른지 소개하는 것이라 은근한 중독성을 가지고 있었다.

이와 비슷한 다른 프로그램으로는 JCTV라는 케이블 TV에서 하는 '스타의 냉장고' 라는 프로가 있다.

이 프로는 가정식 천선생과 비슷하면서 또 다른데, 유명 셰프들이 나와 그날 게스트로 나온 스타의 냉장고에 있는 재료만 가지고 또 다른 셰프와 요리 대결을 하는 것이다.

가정식 천선생이 비슷한 포맷으로 가정식을 만드는 것이 목적이라면 스타의 냉장고는 가정에 있는 냉장고 속 재료만으로 어떤 퀄리티 높은 요리를 만들 수 있는지 유명 셰프들이 대결한다는 점이 달랐다.

즉, 한쪽은 따라 할 수 있는 요리이고 다른 한쪽은 전문 셰프들이 가정에 있는 음식 재료로 만들 수 있는 맛있는 요리였다.

수현은 사실 스타의 냉장고란 프로에 나가고 싶은 욕심이 있었다.

스타의 냉장고에는 전문 요리사뿐만 아니라 요리를 잘하는 연예인 홍성천도 출연했고, 웹툰 만화가인 진풍도 출연을 하고 있기 때문이다.

솔직히 예능 프로이니 전문 요리사들만 가지고는 프로그램이 오래 유지되기 어렵다.

만약 전문 요리사들만 참여를 한다면 그건 진정한 예능이 아닌 조금 형태만 바뀌었을 뿐인 요리 강좌와 다를 바가 없었다.

하지만 스타의 냉장고는 비전문가도 껴 있다 보니 그것이 재미가 되고 예능이 되어 요리란 것이 보다 가깝게 느껴지는 것이었다.

수현은 그런 재미를 포착했기에 자신도 기회가 된다면 그런 프로에 참여하고 싶었다.

그래서 이왕 요리에 포인트를 사용하는 김에 서바이벌 쿠킹만 빼고 한식, 중식, 일식, 그리고 양식까지 모두 포인트를 사용해 레벨을 올려둔 것이다.

만약 포인트가 조금 더 여유가 있었다면 레벨을 좀 더 올리고 싶었지만, 요리 재능을 마스터하다 보니 남은 포인트가 여섯 개뿐이었다.

레벨 UP을 할 때마다 포인트 1씩 보너스로 받는데, 작년 데뷔 직전에 깨달음을 얻어 레벨 UP을 한 뒤로 아직까지 레벨을 올리지 못했다.

그 때문에 가진 건 전에 보유하고 있던 21개의 포인트뿐이었다.

요리 재능에 15포인트를 사용하고 여섯 개 남은 포인트로 다시 세부 카테고리인 한식, 중식, 일식, 그리고 양식을 배우려다 보니 1포인트씩 사용하고 이제 2포인트만 남아 있을 뿐이었다.

두 개를 마저 사용하기보단 혹시 필요한 곳이 있을지 몰라 남겨두었다.

마스터 보정으로 포인트 1을 사용해 중급 1Lv이 된 것에 남은 포인트를 사용해 특정 요리의 레벨을 2나 3으로 올리는 건 요리사가 될 것이 아닌 수현에게는 그리 메리트가 크지 않은 일이었다.

"룰룰룰!"

수현은 숙소 주차장으로 향했다.

오늘은 3일간 주어진 휴가라 매니저들도 나오지 않았다.

그들이 쉴 때 담당 매니저들도 그동안 함께 고생을 했으니 휴식을 취해야 하기 때문이다.

그래서 오늘 수현은 직접 자신의 애마를 운전해 부모님 집으로 가기로 했다.

사놓고 아직 제대로 운전도 해보지 못한 따끈한 신차였다.

인도받은 지는 3개월 정도 되었지만 그동안 일이 많아 운전할 기회가 없었다.

수현의 애마는 국내 수제 스포츠카 제작 회사인 울림 모터스에서 제작한 보레아스였다.

보레아스의 뜻은 북유럽 신화에 나오는 북풍의 신 이름으로, 북풍의 차갑고 날렵한 느낌을 가진 스포츠카라는 뜻에서 울림 모터스에서는 그렇게 이름 지었다.

수현은 보레아스를 자신의 첫 애마로 선택하면서 무척이나 아꼈다.

사실 외국의 유명 브랜드 슈퍼카를 사고 싶은 욕심도 있었지만 부모님의 집과 가게를 먼저 마련하기로 하였기에 욕심을 줄여 국산 스포츠카로 눈을 돌린 것이다.

그런데 잘 알려지지 않아서 그렇지 국산 수제 스포츠카도 안전 기준을 충족시키면서도 굉장히 성능이 우수하였다.

그래서 수현은 가격 대비 성능이 우수한 자신의 애마에 만족하고 있었다.

디자인도 어디 가서 절대 꿀리지 않았다.

그저 외국 브랜드라고 이름값으로 비싼 외제차보단 자신의 국산 스포츠카가 훨씬 잘 나간다고 생각하는 수현은 기분 좋게 콧노래를 하며 지하 주차장에 있던 애마에 올랐다.

부릉! 우웅!

두둥! 두둥!

엔진에 시동을 걸자 날카로운 시동음 뒤로 묵직한 엔진 소리가 울렸다,

머플러를 통해 나오는 소음도 그리 요란하지 않아 더욱 마음에 들었다.

"역시, 사길 잘했어!"

우우웅!

수현은 가속페달을 밟고 주차장을 나섰다.

*　　　*　　　*

주차장을 빠져나온 수현은 애마와 한번 달리고 싶어 내각도로를 타지 않고 얼마 전 개통을 한 외각순환도로를 타고 돌아서 부모님의 집이 있는 봉천동으로 가기로 하였다.

평일 오전이라 그런지 도로는 그리 막히지 않았다.

더욱이 개통된 지 얼마 되지 않아서인지 외각 순환도로는 무척이나 한산했다.

그 덕분에 수현은 먼 길을 돌아서 왔음에도 내부 순환도로를 타고 다니던 시각과 얼마 차이 나지 않게 부모님 집에 도착하였다.

집은 텅 비어 있었다.

부모님은 이 시각이면 이미 가게에 계실 시간이었기 때문이다.

“룰룰룰!”

수현은 콧노래를 부르며 집에 오기 전 봐온 장을 가지고 주방으로 향했다.

먼저 간편한 복장으로 갈아입고 나온 수현은 휴대폰을 먼저 꺼내 들고 자신이 만들려는 요리를 검색했다.

포인트를 이용해 재능을 올렸을 뿐 아는 요리 레시피가

있는 건 아니었다. 그래도 장 볼 때, 미리 레시피에 나오는 재료로만 골라서 사 와서 중간에 다시 장을 보러 나갈 염려는 없었다.

요리 재능을 마스터 레벨로 올렸기에 레시피를 보자 바로 머릿속으로 무엇을 해야 할지 그려졌다.

"우선 시간이 걸리는 미역국을 먼저…… 쇠고기를 볶은 다음……."

수현은 레시피에 나온 그대로 요리를 시작했다.

찌익!

미역국은 한소끔 끓이고 난 뒤 약불로 옮겼다.

어차피 맛이 우러날 때까지 계속해서 끓여야 하기 때문에 수현은 기다리는 동안 잡채를 만들기로 하였다.

부모님의 건강을 위해 전통 방식이 아닌 양식과 조금씩 섞어 퓨전 잡채를 만들 예정이었다.

요즘은 잡채에 들어가는 당면도 종류가 많아졌다.

예전에는 가느다란 면 하나였다면 지금은 굵은 면도 있고, 또 칼국수와 같은 납작면도 있었는데, 수현은 어머니께서 전통 면보다 납작면을 더 좋아하시는 것을 알기에 취향에 맞게 준비한 납작면과 맵고 자극적인 고추 대신 알록달록한 파프리카와 피망을 사용해 오색 잡채를 만들었다.

완성된 잡채를 찬합에 담아놓고, 그가 다음으로 준비한 것은 스테이크다.

이번에는 육식을 좋아하시는 아버지를 위한 요리였다.

불판은 가게에 있으니 가서 굽기로 하고, 수현은 준비된 고기를 숙성까지만 시키기로 하였다.

준비한 큼직한 덩어리 고기를 연하게 만들기 위해 듬뿍 요거트를 바르고 난 뒤, 비린내를 잡기 위해 허브솔트와 통후추 등을 뿌린 수현은 숙성을 위해 랩을 둘러 냉장고에 넣었다.

스테이크까지 모든 준비를 마치자 수현은 어질러진 주방을 깨끗이 치웠다.

그리고 몸에 배인 음식 냄새를 지우기 위해 샤워를 하러 갔다.

마지막 스테이크는 좀 더 시간이 흘러야 숙성되니 샤워를 마치고 한숨 자고 가게로 부모님을 만나러 갈 생각이었다.

*　　*　　*

"여보세요."

혹시나 자신이 도착하기 전 저녁을 드시지는 않을까 걱정이 된 수현은 부모님이 운영하시는 가게로 가기 전 먼저 전화를 걸었다.

전화를 받은 사람은 어머니가 아니라 가게에서 일하시는 정숙 아주머니였다.

잘됐다 싶어 수현은 사정을 얘기하고는 협조를 얻어냈다.

정숙 아주머니는 그렇지 않아도 어머니께서 하루 종일 수시로 전화기를 들여다본다는 얘기를 수현에게 전해주어 가슴이 짠하게 만들었다.

지금 시각은 7시 반, 앞으로 한 시간 뒤면 부모님께서 일하시는 분들과 함께 늦은 저녁을 드실 것이기에 수현은 간단하게 단장을 한 뒤 준비한 것들을 챙겼다.

그리고 밖으로 나가 자신의 차에서 미리 준비해 둔 어머니의 생일 선물을 꺼냈다.

어려운 형편에 일만 하시느라 패물도 거의 없으신 것을 알고 있기에 수현은 목걸이와 귀고리 세트로 준비하였다.

동창회나 다른 모임에 그 흔한 18K 목걸이 하나 없이 참석하시는 모습이 맘에 걸렸었다.

세트라 가격은 조금 나갔지만 수입에 비하면 그리 부담되는 가격은 아니었다.

오히려 그동안 챙겨 드리지 못한 게 더 죄송스러울 정도였다.

이렇게 선물까지 챙긴 수현은 바리바리 싸 들고 길을 나섰다.

부모님 집에서 가게까지의 거리는 걸어서 10분 정도면 도착할 만큼 가까웠다.

그러나 헌칠한 젊은 남자가 해가 진 저녁 시간에 선글라

스를 끼고 걸어가는 모습은 지나가는 사람들의 시선을 받기 충분했다.

개중에는 수현의 얼굴을 알아보는 사람도 있었지만 행색을 보고 고개를 갸웃거리며 그냥 지나갔다.

'역시 굳이 숨기려고 하기보단 대놓고 하는 것이 들키지 않는다니까!'

수현은 사실 고민을 많이 하였다.

음식을 준비하는 것은 그리 어렵지 않았다.

다만 그것을 어떻게 부모님께 전해 드리는가가 고민이었다.

아버지, 어머니께서 가게가 문을 닫고 집에 오시면 11시가 다 되어가는 시각이다.

게다가 가게에서 저녁을 해결하고 오시니 집에서 차려 드리는 것은 별 의미가 없었다.

그렇다고 장사하는 가게에 가서 요리를 할 수도 없는 노릇, 천상 미리 요리를 준비해 가게로 들고 가야만 했다.

그런데 그는 연예인이라 얼굴이 많이 알려진 상태다.

편한 옷차림에 손에 음식을 바리바리 챙겨 들고 가다가 혹시나 파파라치나 얼굴을 알아본 팬들을 만나게 되면 큰 낭패였다.

뭐, 수현 스스로는 별 신경 안 쓰지만, 사람들 입에 오르내릴 것을 뻔히 알면서도 방치하는 건 소속사에 대한 예의도 아니고, 엄밀히 따지면 계약 위반이나 마찬가지라고 할 수 있다.

그 때문에 수현은 어떻게 해결할지 고민이었는데 해결책은 의외로 간단했다.

대놓고 일을 벌이는 것이다.

설마 연예인이, 그것도 얼굴이 많이 알려진 연예인이 그렇게 대놓고 프리한 모습으로 거리를 활보할까 하는 상식의 허를 찌르는 걸 노렸다.

물론 무조건 프리한 모습으로 당당히 나간다고 사람들이 아닐 거라 의심을 접어주지는 않으니 닮은꼴이 유명인을 흉내 내는 것 같은 분위기를 만들었다.

그리고 수현의 생각은 확실하게 들어맞고 있었다.

고개를 갸웃거리던 사람들은 모두 이미테이션, 즉 닮은 사람이 로열 가드의 리더 수현을 따라 하는 것이라 생각하고 그를 지나쳐 갔다.

그렇게 수현은 자신을 보고도 긴가민가하며 지나치는 팬들을 뒤로하고 부모님이 운영하는 가게로 들어갔다.

* * *

딸랑!

웅성! 웅성!

저녁 8시가 조금 넘었다.

그럼에도 부모님이 운영하시는 가게는 무척이나 손님이 많았다.

"어서 오세……."

출입문에 달아놓은 종소리를 듣고 카운터에서 손님을 맞으려던 어머니께서 가장 먼저 수현을 맞이하였다.

"언제 온 거니? 연락이라도 하고 오지."

수현의 모친인 조윤희 여사는 오랜만에 보는 아들의 모습에 카운터에서 나와 몸 여기저기를 만지며 물었다.

"피곤할 텐데 뭐 하러 가게는 나왔어! 그냥 집으로 가지."

"오늘 엄마 생일이잖아! 그래서 같이 밥 먹으려고 나왔지."

"그래, 그럼 어서 앉아라! 엄마가 맛있게 준비해서 가져올게!"

서둘러 주방으로 향하는 조윤희 여사를 수현은 얼른 붙잡고 말렸다.

"아니야! 오늘은 내가 준비를 했으니까 엄마는 가만히 계셔!"

"네가?"

한 번도 그가 요리하는 걸 본 적 없는 조윤희 여사가 의아해하는 가운데 수현이 고개를 돌려 아버지의 모습을 찾았다.

그러나 가게 안을 전부 둘러보아도 아버지의 모습은 보이지 않았다.

"아버지는 어디 가셨어요?"

"아아, 오늘따라 이상하게 손님이 몰려서 몇 가지 부족한 재료 사러 가셨다."

갑자기 손님이 몰리는 바람에 평소보다 식재료가 빠르게 소비되어 저녁 장사에 차질이 우려되자 수현의 부친이 다시 한 번 도매상으로 부족한 식재료를 사려고 나가신 것이다.

수현의 부모님이 운영하는 가게는 부식 재료를 납품업체에서 납품받지 않고 직접 도매상을 찾아가 떼 왔다.

그 때문에 업체에서 납품을 받는 것보다 조금 더 저렴한 가격에 조금 더 좋은 품질의 식자재를 공급받을 수 있었다.

"곧 돌아오실 시간이 되었다."

"그럼 아버지 오시면 그때 같이 드시죠."

비록 어머니 생신이기는 하지만 아버지, 어머니 두 분을 위해 준비했기에 수현은 가족 모두 함께 저녁을 나누고 싶었다.

"알았다. 그럼 좀 쉬고 있어!"

"아니에요. 이왕 왔는데, 좀 도와드릴게요."

수현은 그렇게 어머니께서 쉬라고 하시는데도 팔을 걷어붙이고 나섰다.

Chapter 6

해프닝

치이익!

수현은 준비해 온 스테이크를 불판 위에 올렸다.

하지만 너무도 거대한 크기로 인해 한 덩이를 통째로 올리지 못하고 적당한 크기로 잘라서 올려야만 했다.

"워매! 무신 고기를 이렇게 크게 덩어리째로 올린다야!"

불판 위에 올려진 고기의 크기를 본 정숙 아주머니의 반응이었다.

"하하, 이게 방송에도 나간 덩어리 스테이크예요. 어머니 생신을 맞아 제가 준비해 본 것인데, 여기 불판 크기를 생각하지 못했네요. 어쩔 수 없이 적당한 크기로 잘랐어요."

수현은 스테이크를 굽는 한편, 크기를 보며 놀라워하는 사람들에게 간단한 설명을 덧붙였다.

테이블 맞은편에는 생신을 맞은 어머니와 부족한 부식을 사려고 도매상에 다녀온 아버지께서 함께 자리하고 계셨다.

아직 가게가 빈 건 아니지만 벌써 8시 반이 지난 시간이라 대부분의 손님이 빠지고 홀에 남은 손님들은 몇 되지 않았다.

즉 그 말은 이젠 가게 식구들이 저녁을 먹을 시간인 것이다.

그에 맞춰 수현은 준비해 온 미역국과 잡채를 꺼내놓고 또 불판을 준비해 스테이크를 굽는 중이다.

"어머! 우리 사장님은 좋겠어요."

도우미 아주머니께서 나와서 보고는 어머니에게 덕담을 하였다.

그도 그럴 것이, 장성한 아들이 집도 사 주고, 또 장사를 할 수 있게 가게도 장만해 주었다.

그런데 생일이라고 직접 음식까지 준비해 이렇게 차려주니 참 마음이 싱숭생숭했다.

그러면서도 대우가 좋은 가게 여사장을 위해 부러움 가득한 덕담을 한 것이다.

"호호호, 우리 아들이 좀 그렇죠."

생일이라고 바쁜 아들이 찾아와 직접 장만한 음식을 대접한다니 기쁘면서도 그것을 직접적으로 자랑을 하기도 뭐하고 그렇다고 좋은 것을 어떻게 감추기도 그러니 적당히 말을 얼버무렸다.

치익!

어머니가 자신이 장만한 음식들을 기뻐하는 모습에 수현은 절로 어깨에 힘이 들어갔지만, 스테이크를 뒤집으며 고기의 육즙이 많이 빠져나가지 않게 익히는 데 주력하였다.

"허허, 이거 냄새가 아주 좋은데?"

어머니 옆자리에 앉아 스테이크를 기다리던 아버지께서 불판 위에서 익고 있는 스테이크 굽는 냄새에 코를 벌렁이며 한마디 하였다.

"그러게 말이에요. 이런 것은 또 언제 배운 거니?"

연예인이라 무척이나 바쁘다는 것을 잘 알고 있는 조윤희 여사가 놀라워하며 감탄했다.

정말이지 불판 위에서 풍겨는 향은 저절로 입맛을 다시게 할 정도로 강렬했다.

그 때문에 때 아닌 스테이크 주문이 들어오기도 했다.

"와! 어디서 나는 냄새야!"

가게 한쪽에서 고기를 먹고 있던 손님들 중 한 명이 코끝에 맡아지는 고기 굽는 냄새에 가게 안을 둘러보다 구석에서 고기를 굽고 있는 수현을 보았다.

"저기요!"

"네! 손님. 뭐 더 필요하세요?"

늦은 저녁을 먹고 있던 정숙 아주머니가 손님이 부르는 소리에 벌떡 일어나 그곳으로 달려갔다.

아무리 식사 시간이라고 하지만 가게에선 손님이 왕이다.

손님이 찾으면 저녁을 먹다가도 달려가야만 하는 것이 원칙이다.

"저기, 저거 맛있어 보이는데, 우리도 저거 하나 주세요."

"호호, 손님, 죄송합니다. 저것은 판매하는 것이 아니라 저희 사장님 자제분인 저기 정수현 씨가…… 아, 혹시 로열 가드 아세요?"

"아, 네! 로열 가드 잘 알죠. 톱 아이돌 그룹 아닙니까? 그게 지금 무슨 상관이죠?"

고기 주문을 했는데, 갑자기 아이돌 그룹을 언급하는 아주머니를 손님이 이상한 눈으로 쳐다보았다.

그런 손님의 눈빛을 읽은 것인지 정숙 아주머니는 빙그레 미소를 지으며 이유를 들려주었다.

"거기 로열 가드의 대장이 우리 사장님 아드님이에요. 그리고 저기 고기 굽고 있는 사람이 바로 그 사람이에요."

아주머니는 별거 아니란 듯 말하였지만 은연중 살짝 턱을 치켜든 모습이 뭔가 자랑을 하는 듯도 보였다.

"네에! 그게 정말이에요?!"

정숙 아주머니의 설명을 들은 남자가 반신반의하는데 곁에 함께 자리한 일행이 수현의 모습을 살피고는 그 말이 사실임을 알아챘다.

"어! 정말이네! 수현이야!"

"어머! 어머! 기사단장이야! 어쩜 좋아!"

손님들이 하나같이 놀라서 소리치자 정숙 아주머니는 자신의 일인 양 기분이 좋아져 자랑을 하였다.

"수현 씨가 저희 사장님 생신을 맞아 손수 준비했다고 하더라고요."

"와! 효자네!"

"그러게."

처음 이야기를 꺼냈던 남자 손님은 유명 스타인 수현이 부모님 생신을 맞아 바쁜 와중에도 손수 음식을 장만해 가져와 대접한다는 말에 솔직히 너무도 부러웠다.

그래서 언제나 자신을 용돈 주는 지갑 정도로만 생각하는 딸들을 보며 한소리 하였다.

"너희들도 들었지! 유명 스타도 부모님 생신에 직접 음식 장만해서 가져오는 것 봐라!"

저녁을 먹으러 나왔다가 느닷없는 날벼락을 맞은 딸들이 앞다퉈 콧소리를 내며 애교를 부렸다.

"아빵! 내가 다음 생신 때는 파티 해드릴게요. 이번은 봐주세용. 네!"

얼마 전, 아버지 생신에 친구들과 여행 간다며 그냥 지나친 것을 떠올린 큰딸이었다.

"나두! 나두! 요리 배워서 내년 아빠 생일 때 요리해 줄게!"

큰딸에 이어 이제 겨우 초등학교 6학년이 된 늦둥이 둘째 딸도 제 언니의 말이 끝나기 무섭게 대답했다.

"허허, 그래! 그럼 내년 생일 기대해 보마!"

딸들의 애교에 남자 손님은 지난 생일 때 섭섭했던 것이 모두 덜어지는 것 같았다.

한편, 스테이크를 굽던 수현도 그들이 나누는 이야기가 들려왔다. 그러나 수현은 모른 척하며 스테이크를 굽는 데 집중했다.

부모님을 위해 준비한 것인데 괜히 다른 곳에 신경을 쓰다 굽기에 실패한다면 그보다 더 아까운 일이 없지 않겠는가.

치익! 치익!

앞뒤로 적당히 익자 수현은 이번에는 고기를 세로로 세워 익히기 시작했다.

고기의 육즙을 잡기 위한 것으로, 두툼한 스테이크의 조리법에 나오는 방법이었다.

적당한 조리 시간을 이용해 최대한 육즙을 고기 안에 잡아 고기 본연의 풍미를 높이기 위해 하는 작업이었다.

그렇게 정확한 조리법을 머릿속에 떠올리며 스테이크를 구워낸 수현은 익은 고기를 적당한 크기로 잘라 먼저 아버지의 앞에 놓인 접시에 올렸다.

그다음으로 어머니 앞에 놓인 접시에도 스테이크가 올라갔다.

"드셔보세요."

원래 덩어리 스테이크의 시식 장면을 보았을 때는 장갑, 위생 장갑을 겹으로 낀 손으로 스테이크를 직접 들고 뜯는 장면이었다.

하지만 부모님께 그런 식으로 드시라고 할 수는 없지 않은가? 더욱이 이곳은 집이 아닌 많은 사람들이 함께하는 가게였다.

그러니 보통의 스테이크처럼 직접 썰어 드실 수 있게 접시에 적당한 크기로 잘라 드린 것이다.

"너무 많다. 아주머니들께도 좀 드려라!"

인심이 후한 수현의 모친은 가게에서 함께 일하는 종업원들에게도 나눠 주라고 권하였다.

비록 자신의 생일을 축하하기 위해 아들이 준비한 음식이지만 곳간에서 인심이 난다고, 먹지 않아도 배가 부를 만큼 지금 하늘을 뚫고 치솟을 듯 기분이 좋아 그렇게 말을 한 것이다.

"네, 알겠어요."

치익! 치익!

부모님께 먼저 구운 스테이크를 드린 수현은 아직 남은 고기를 다시 불판 위에 올렸다.

꿀꺽!

조윤희 여사의 말을 들었는지 아주머니들이 저녁을 먹는 옆 테이블에서 침을 넘기는 소리가 크게 들렸다.

하지만 수현은 가타부타 말 없이 고기를 굽다가 적당히 익고 난 뒤에야 잘라서 가게에서 일하는 아주머니들에게도 나누어 주었다.

"워메!"

"어머! 난 이런 것 첨 먹어봐!"

"난 지난달 생일에 딸이 시내 유명 스테이크 집이라고 데려간 곳에서 먹어봤는데…… 꿀꺽! 이게 더 맛있는 것 같아!"

아주머니 한 분이 수현이 구워 준 스테이크를 먹으며 품평을 하였다.

"그려? 스테이크가 원래 이렇게 맛있는 것이 아닌감?"

한 아주머니는 연신 스테이크를 입에 넣으며 의아한 듯 고개를 갸웃거렸다.

"아니야! 굽는 것은 비슷한 것 같은데, 이게 훨씬 맛있어!"

스테이크를 먹어보았다는 아주머니는 수현이 구워 준 스

테이크가 연신 맛있다며 칭찬을 아끼지 않았다.

"와! 얼마나 맛있기에 아주머니들이 저렇게 떠드는 거지?"

조금 전, 스테이크를 주문하려고 했던 테이블에서 다시 한 번 말소리가 들렸다.

스테이크를 굽는 사람이 아이돌 그룹 로열 가드의 리더 수현이란 것을 알게 된 뒤로 먹던 고기도 내려놓고 그만 쳐다보고 있던 큰딸의 입에서 나온 소리였다.

"그러게. 나도 먹어보고 싶다."

언니가 하는 소리에 초등학생인 동생도 입맛을 다시며 중얼거렸다.

딸들의 중얼거림을 바로 앞에서 들은 이들의 아버지는 잠시 망설였다.

'이런…… 그렇게 먹고 싶은 것인가?'

그렇게 좋아하는 고기도 더 먹지 않고 계속해서 수현 쪽을 쳐다보며 입맛을 다시는 딸들의 모습에 그 또한 침을 삼키며 다시 한 번 수현이 있는 테이블을 돌아보았다.

'응? 왜 우리를 쳐다보는 것이지?'

한창 아들이 구워 준 스테이크를 맛있게 먹고 있던 정병규는 자꾸만 느껴지는 시선에 주변을 살피다 저 멀리 떨어진 테이블에 앉은 손님과 눈이 마주쳤다.

자신이 먹는 모습을 계속해서 주시하는 모습이 마음에 걸린 정병규는 결국 식사를 중단하였다.

그럼에도 그 손님은 다른 쪽으로 시선을 돌리지 않고 있었다.

"여보, 왜요?"

조윤희 여사가 아들이 구워 준 스테이크를 잘 먹다 갑자기 멈춘 남편을 돌아보며 물었다.

"응, 저기 손님들이 우리를 너무 주시하는 것 같아서 말이지."

정병규는 혹여나 들릴까 봐 아주 작은 목소리로 속삭였다.

"아! 아까 수현이 구워 준 스테이크를 주문했던 손님이네요."

"그래?"

부인이 하는 이야기를 들은 정병규는 잠시 자신이 먹던 스테이크와 자신을 보며 입맛을 다시는 건너 테이블의 손님들의 모습을 번갈아 보았다.

"수현아! 고기 더 남았으면 마저 구워서 손님들에게 맛이나 보여 드리자꾸나!"

어머니 못지않게 남들에게 베푸는 것에 인색하지 않은 아버지의 말에 수현은 빙그레 미소를 지으며 대답하였다.

"알겠어요."

수현은 남은 고기들을 다시 불판에 올렸다.

덩어리 스테이크라는 이름에 걸맞게 그는 10㎏을 준비했었다.

보통 사람이 먹기에는 너무 많은 양이었다. 그러나 부모님과 그 자신, 그리고 부모님 가게에서 일하시는 분들과 나눠 먹을 거라서 수현은 남는 양이 그리 많지 않을 거라 예상했다.

그런데 인심이 후한 부모님 때문에 넉넉하게 준비했다고 생각했던 양이 오히려 부족하지 않으면 다행으로 바뀌었다.

하지만 기분은 더 좋았다.

그도 그럴 것이, 오늘의 주인공인 부모님들이 모두 흡족해하고 계시기 때문이다.

남은 스테이크가 다 익자 수현은 적당한 크기로 잘라 아버지의 말씀처럼 가게에 있는 손님들에게 나눠 주었다.

“서비스입니다. 어머님 생신 때문에 준비한 것인데, 많지는 않지만 맛이라도 보십시오.”

수현은 적당한 멘트와 함께 접시에 담은 스테이크를 테이블마다 나눠 주었다.

그러자 여기저기서 환호성이 들렸다.

사실 그들도 수현이 굽는 스테이크에서 풍겨지는 냄새를 맡았다.

마음 같아서는 한 점 달라고 하고 싶었는데 차마 말을 꺼내지 못하고 있던 것을, 수현이 직접 구워 가져다주니 기뻐

환호한 것이다.

어디 가서 이런 대접을 받아보겠는가?

그저 외식을 위해 고깃집에 온 것뿐인데 유명 스타의 실물을 눈앞에서 마주하였다.

거기다 유명 스타가 직접 구운 스테이크까지 얻어먹게 되었으니 살면서 쉽게 접할 수 없는 행운이었다.

유명 스타가 해주는 요리는 과연 어떤 맛일까?

한껏 기대하며 사람들은 제 앞에 놓여진 스테이크를 썰어 조심스럽게 입안에 담았다.

"대박!"

"야! 나 로열 가드 수현이 직접 구워 주는 스테이크를 먹는다!"

"실화임, 이게 바로 기사단장님이 직접 만들어 주신 스테이크임."

누구는 수현이 나눠 준 스테이크를 먹는 것도 아까워 씹어 먹지 않고 녹여 먹겠다며 고기를 입안에 넣고 오물거리고, 또 어떤 이는 이제는 대놓고 휴대폰을 꺼내 친구와 통화를 하며 자랑질을 하고 있었다.

또 다른 이는 수현이 나눠 준 스테이크를 찍어 SNS에 올리고는 바로 스테이크를 먹고 다시 한 번 그 맛에 대한 감상평을 팔로우하였다.

그러자 순식간에 수현의 이름이 실시간 검색 순위에 올라가는 기염을 토했다.

하지만 스테이크를 모두 구워 나눠 준 뒤에야 부모님과 제대로 늦은 저녁을 먹게 된 수현은 이런 사실을 전혀 모르고 있었다.

그사이 인터넷에서는 이 밤을 뜨겁게 불태울 만한 사건이 스멀스멀 고개를 내밀고 있었다.

*　　*　　*

봉천동꽃선녀: #간만에 외식 #로열 가드 수현 #수현 스테이크 #존맛

ㄴ 천사1004: 실화임? 나도 먹고 싶다. 수현 스테이크

ㄴ 구라대장: 실화는 무슨, 수현이 할 일 없냐. 고깃집에서 고기나 굽고 있게!

ㄴ 봉천동천사: 가능성 있음, 봉천동에 정수현 부모님 가게 있음 참고: XX한마리? 이게 가게 상호임

수현이 부모님과 저녁을 먹는 동안, SNS상에서는 조금 전 가게에서 벌어진 일로 무척이나 활발하게 토론이 벌어지고 있었다.

이 때문에 킹덤 엔터에서는 홍보부에 사실 여부를 물어보는 연예부 기자들의 문의 전화가 속출했다.

따르릉!

늦은 시각이라 숙직을 하는 직원과 업무를 끝내지 못한 직원만 남아 야근하는 킹덤 엔터의 사무실에 전화벨이 울렸다.

“여보세요.”

업무를 보던 중 걸려온 전화에 직원은 기계적으로 대답을 하며 통화를 이어갔으나 상대가 기자인데다가 물어오는 질문이 전혀 뜻밖의 것이라 단박에 정신이 번쩍 났다.

“네? 전혀 모르는 일인데…….”

따르릉!

옆자리에 있는 전화기가 울려댔다.

아직 전화 통화를 하는 중이었으나 그가 있는 부서는 홍보부였다.

한 번에 두 통, 세 통의 전화 통화도 소화해 내야만 하는 부서인 것이다.

“잠시만 기다려 주시겠어요?”

그는 통화 상대에게 얼른 양해를 구했다.

어차피 먼저 전화를 걸어온 사람도 연예부 기자였기에 이런 일이 비일비재했다. 굳이 대답이 필요한 상황이 아니라 기다리지 않고 버튼을 눌러 대기 상태로 해놓고는 얼른 옆자리의 전화를 받았다.

“여보세요. 네? 저희도 아직 파악이 되지 않았습니다.”

두 번째 통화도 처음 전화처럼 연예부 기자가 전화를 한 것이었다. 똑같은 질문에 당황은 하였으나 이미 한번 겪은 일이라 한결 침착하게 대응하는데 또 다른 책상에 놓인 전화기에서 벨이 울려왔다.

따르릉! 따르릉!

'설마…….'

그는 이번에 전화를 건 이도 기자이며, 방금 전과 같은 내용의 질문을 던질 것임을 직감했다.

'안 되겠다.'

혼자서 처리할 수 있는 일이 아니란 걸 깨달은 그는 확인 후에 알려 드리겠다는 말로 서둘러 통화를 마무리한 뒤 휴대폰을 꺼내 직속상관에게 전화를 걸었다.

사무실 전화기는 이미 걸려온 전화들로 인해 불이 나고 있어 이용할 수가 없을 지경이었다.

"부장님! 저 정 대리입니다. 아무래도 로열 가드의 수현이 사고를 친 것 같습니다!"

그는 조금 전 상황을 설명하면서 기자들이 질문해 온 일에 대해 보고를 하였다.

보통 심각한 일이 아님을 알게 된 부장이 다시 위에 상황을 보고함으로써 라인을 타고 사장에게까지 보고가 올라가기까지는 그리 오래 걸리지 않았다.

얼마 후, 킹덤 엔터의 홍보부 직원들은 회사로 다시 출근을 해야만 했다.

*　　*　　*

"이게 다 어떻게 된 일이냐?"

킹덤 엔터의 사장 이재명은 소파에 앉아 수현을 돌아보며 물었다.

수현은 지금 무슨 일인지 아직 파악도 되지 않아 어리둥절하기만 했다.

조금 전까지만 해도 오랜만에 찾은 부모님 집에서 쉬고 있었는데, 느닷없이 회사로 나오라는 호출을 받은 것이다.

부랴부랴 직접 차를 몰고 회사로 나온 길이라 수현은 전혀 아는 바가 없었다.

"네? 그게 무슨 말씀이세요? 전 그저 회사로 나오라는 전창걸 부장님 연락을 받고 온 것인데요."

매니저인 전창걸이 데리러 온다는 것을 굳이 시간 버릴 것 없다고 사양한 터라 수현은 아직까지도 SNS상에서 어떤 일이 벌어졌는지 모르고 있었다.

"잠시 이것 좀 봐라!"

수현과 함께 사장실에 불려 온 전창걸은 굳은 표정으로 수현의 앞에 태블릿을 내밀었다.

전창걸이 내민 태블릿 화면에는 실시간 검색어 부분에서

수현의 이름이 떡하니 순위권 안에 다수 올라와 있었다.

"어? 이게 다 무슨 일이래요?"

수현은 내용도 읽기 전에 놀라서 전창걸과 이재명 사장을 돌아보았다.

이재명 사장이 차마 말을 꺼내지 못하고 수현을 쳐다보고만 보자, 로열 가드의 전담 매니저인 전창걸이 그 대신 궁금해 하는 상황을 돌직구로 물어왔다.

"혹시, 올라온 기사처럼 연예계 은퇴하고 식당을 차리려는 중이냐?"

"네? 그게 무슨 소리예요? 제가 무슨 식당을 해요?"

질문을 받은 수현은 깜짝 놀랐다.

이게 웬 아닌 밤중에 홍두깨 맞는 소린가 말이다.

열심히 일해 돈도 잘 벌고 있고, 오랜만에 맞은 휴가에 어머니 생신을 축하하며 즐거운 저녁을 먹고 쉬고 있었는데. 느닷없이 회사로 불려 와 들은 소리가 연예계 은퇴라니. 거기다 식당을 차린다는 건 또 무슨 소린지.

전혀 맥락이 이어지지 않는 단어들에 수현은 그저 어리벙벙하기만 하였다.

"아니, 그동안 노력한 것이 있는데. 제가 무엇 때문에 연예계를 은퇴하고 또 식당을 차려요?"

상황이 이해가 가지 않은 수현이 오히려 전창걸에게 질문을 되돌렸다.

수현이 워낙에 펄쩍 뛰자 반쯤 확신을 가지고 있던 전창걸은 고개를 갸웃거렸다.

"아니야?"

"아니냐?"

상황이 희망적으로 돌아가는 분위기이자 이재명 사장도 반색하며 물어왔다.

눈을 동그랗게 뜨고 그의 입이 열리기만 기다리는 이재명 사장을 본 수현은 그저 기가 막힐 따름이었다. 이재명 사장마저도 자신이 은퇴할 거라 거진 확신한 듯한 모습이기 때문이었다.

"아니, 대체 왜 그런 이야기가 나오는 것입니까? 전 오늘 휴가 받아 부모님 집에서 쉬고 있었는데. 제가 휴가인 거 다들 알고 계시잖습니까."

수현이 전창걸을 돌아보며 재차 확인했다.

"그렇지, 오늘부터 3일간 너희들 휴가였지."

전창걸은 수현의 말을 듣고 난 뒤에야 지금이 로열 가드 휴가 기간이라는 걸 겨우 떠올렸다.

전담 매니저인 그는 로열 가드가 휴가인 덕분에 오랜만에 가족들과 외식을 하던 중 갑자기 회사로부터 호출을 받고 불려 온 터라 정신이 없었다.

거기다 이 일이 어디 보통 일인가.

자신이 전담하고 있는 로열 가드의 멤버, 그것도 가장 인기 있는 리더 수현이 느닷없이 연예계 은퇴를 한다는데 침착하게 앞뒤 정황을 따질 경황이 어디 있겠는가.

물론 그가 로열 가드를 담당하면서 그동안 보아온 수현은 절대로 이렇게 무책임하게 행동할 사람이 아니었다.

하지만 연예계에서 절대란 없다는 것 또한 그는 잘 알고 있었다.

데뷔 전에는 바른 모습만 보여주던 사람이 데뷔하고 인기를 얻은 뒤에는 확 돌변하는 경우가 비일비재한 곳이 바로 연예계이다.

바른 생활 청년이니 개념 아이돌이니 불리는 아이돌이 사실은 보이지 않는 곳에서 매니저에게 갑질을 한다거나, 어린 팬들을 추행한다는 이야기도 연예계에선 흔한 일이고, 청순가련의 대명사인 여자 아이돌 멤버가 사실은 사생활이 문란한 경우도 자주 발생하였다.

그러니 지금까지 수현이 어떤 사람이었든 갑작스런 연예계 은퇴는 충분히 일어날 법한 상황이었다.

전창걸은 소문의 진위를 확인하기 위해 백방으로 알아보았지만 로열 가드의 다른 멤버들은 수현의 행보에 대해 전혀 아는 바가 없었다. 오히려 전창걸의 질문을 농담이라 여기고 재미없다고 가볍게 받아칠 정도였다.

뒤늦게 멤버 중 한 명이 인터넷 뉴스를 접한 뒤에야 농담이 아닌 실제로 벌어진 일임을 알고 그제야 걱정을 해 대는 멤버들을 오히려 그가 다독거려야만 했다.

그들도 자신들이 어떻게 결성되었는지 잘 알기 때문에 수현이 그룹에서 빠진다는 게 어떤 의미인지 잘 알고 있었다.

현재 로열 가드는 리더인 수현을 중심으로 유닛 그룹인 나이트 G와 나이트 R이 결합된 그룹이다.

그런데 만약 여기서 리더인 수현이 탈퇴를 하게 된다면 이들은 로열 가드라는 하나의 그룹으로 뭉칠 수가 없었다.

그만큼 수현이 중간에서 가교 역할을 제대로 하기에 2개의 그룹이 하나의 그룹처럼 뭉쳐 있을 수 있는 것이다.

그러니 로열 가드의 멤버들이 불안해하는 것은 당연했다.

수현이 그룹 내 어떤 문제점도 발견되지 않은 시점에서 느닷없이 연예계 은퇴와 그룹 탈퇴를 한다고 선언한다면 어떤 일이 벌어질지 불을 보듯 뻔했다.

많은 비중을 차지하는 수현의 팬들이 떨어져 나가거나, 로열 가드와 팬들 사이에 균열이 일어나면서 팬들이 보이콧 선언하는 사태가 벌어질 가능성도 있었다.

그만큼 로열 가드에서 수현이 차지하는 비중은 절대적이었다.

이 때문에 로열 가드 다른 멤버들은 물론이고, 전담 매니저인 전창걸, 더 나아가 킹덤 엔터의 직원들 전부가 이번 사태에 긴장을 하는 것이다.

실제로 기자들의 이런 추측성 기사가 올라오면서 다른 기자들은 물론이고, 로열 가드의 팬들, 그리고 킹덤 엔터에 소속된 다른 연예인들도 회사로 문의 전화가 쇄도하고 있었다.

질문이야 중구난방이지만 요약하자면, '혹시 킹덤 엔터에서 수현에게 갑질을 해서 수현이 빡쳐 돌발 은퇴 선언을 한 것은 아닌가?' 하는 내용이었다.

확인 전화를 해오는 기자들의 질문들이 다들 앞의 상황 싹둑 잘라내고 위와 같았기에 킹덤 엔터에서 위급 상황으로 받아들이고 현 상황으로 이어진 것이다.

하도 같은 내용의 문의 전화를 많이 받다 보니 킹덤 엔터 직원들도 이제는 혹시 자신들이 모르는 사이 윗선에서 수현에게 갑질을 한 것은 아닌가 하는 의심을 할 정도였다.

그렇지 않고서야 아무런 조짐도 없다가 갑자기 기사가 나오겠는가.

뭐라도 근거가 될 만한 거리가 있으니 다 기사가 난 것이다, 그렇게 내다보고 있었다.

하지만 킹덤 엔터의 간부들은 미치고 팔짝 뛸 일이었다.

로열 가드는 현재 킹덤 엔터에서 몇몇 톱스타를 제외하고 가장 중요한 존재였다.

겨우 데뷔 1년을 넘기고 2년 차로 들어가고 있는 신인 그룹에 속하지만 이들의 인지도나 인기는 톱스타 못지않은 캐시카우다.

그러니 당연 대우도 특별 대우이고 관심도 역시 최고 레벨이다.

아무리 살펴봐도 자신들이 수현을 섭섭하게 대한 적이 없기에 다른 방법이 없자 최종적으로 수현을 불러 원인을 파악하기로 한 것이다.

"부장님!"

"응?"

전창걸은 수현이 갑자기 자신을 부르자 당황하며 쳐다보았다.

무엇 때문에 자신을 부르는 것인지 알 수 없기 때문이다.

조금 전까지 이어져 오던 생각으로 인해 혹시나 자신 때문에 은퇴를 하겠다고 하는 것은 아닌가 걱정이 밀려들었다.

하지만 수현에게서 들려온 이야기는 그런 것이 아니었다.

딴생각을 하느라 잠시 잊고 있었으나 종전에 수현은 그에게 휴가임을 상기시켜 주었다.

그리고 지금 수현이 하려는 말은 그 연장선상에 있었다.

"오늘 어머니 생신이라 어떻게든 시간 좀 빼달라고 했었죠?"

"그랬지. 다행히 급한 행사들이 모두 끝났겠다, 그래서 네가 말한 기간에 맞춰 휴가를 준 거였지."

전창걸은 수현이 무슨 말을 하고자 하는지 짚어보는 한편으로 그가 하는 질문에 꼬박꼬박 대답을 하였다.

수현이 그런 전창걸을 뚫어지게 응시하더니 의미심장한 얼굴로 그들이 가장 염려하던 지점을 언급했다.

"말씀드렸듯이 오늘이 바로 어머니 생신입니다. 그런데 제가 부장님이나 멤버들에게도 알리지 않고 탈퇴라던가, 연예계 은퇴를 언급하겠습니까?"

질문을 던진 뒤 잠시 텀을 둔 수현은 답을 기다렸던 건 아니었던지 이어서 현재 자신이 느끼는 감정을 담담하지만 가감 없이 이야기하였다.

"저 그렇게 무책임한 놈 아닙니다. 부장님께서 그렇게 생각하셨다면 저 정말로 부장님께 섭섭합니다."

"아…… 미안하다. 나도 하도 어처구니없는 상황이 닥치다 보니 잠시 정신이 없어서 실수를 한 것 같다."

전창걸은 수현의 대답에 일단 사과를 하였다.

그러고 난 뒤 차분한 마음으로 생각을 하다 보니 이번 사태가 정상적이지 않다는 것을 깨달을 수 있었다.

어떤 일이 발단이 된 것인지는 모르지만 수현이 느닷없이 그룹 탈퇴와 연예계 은퇴를 한다는 것은 상식적으로 납득이 가지 않았다.

아닌 말로 수현이 성격이 음흉해 그동안 성질을 숨기고 있다가 이번에 느닷없이 터뜨렸다고 해도 말이 되지 않았다.

그렇게 해서 수현이 얻는 이득이 무엇인가? 누가 봐도 전혀, 라고 답할 것이다.

멀리 갈 것도 없이 지금 상황만 봐도 그렇다.

수현도, 로열 가드도, 킹덤 엔터도 이득을 얻는 쪽이 아무도 없질 않은가.

그룹만 탈퇴하고 소속사를 이적하는 것도 아니고 연예계가 은퇴까지 거론되고 있다. 다른 소속사에서 그를 빼가려고 군침 흘리며 수를 쓰는 거라고 결론 내리는 데도 무리가 있었다.

단순히 수현이 회사에 불만이 있어서 이번 기사를 낸 거라고 봐도 마찬가지다.

그랬다면 우선 그룹 탈퇴만 언급하면서 회사 동향부터 파악하지 굳이 연예계 은퇴까지 거론할 일인가.

어떤 관점에서 봐도 탈퇴와 은퇴라는 극단적인 단어가 언급되었다는 것은 너무도 작위적이게 보였다.

즉 누군가 일부러 수현과 로열 가드, 그리고 킹덤 엔터의 이름을 더럽히기 위해 꾸민 일이 아닌가 하는 의심을 불러일으켰다.

이상한 예감에 휩싸인 전창걸이 황급히 사장인 이재명에게 제 생각을 밝혔다.

"사장님! 수현이 이야기를 들어보니 이거 좀 내용이 이상한데요. 자연스럽지가 않아요."

"음……."

안 그래도 이재명 사장도 전창걸과 수현의 대화를 듣고 이상하게 여기던 차였다.

그래도 한 번 더 다짐을 받기 위해 수현을 돌아보며 물었다.

"정말로 넌 그런 언급을 한 적이 없다는 말이지?"

"물론이죠. 그동안 제가 들인 노력과 땀이 얼마인데 여기서 탈퇴니 은퇴를 해요."

여기까지는 조금 전에 그가 했던 말과 크게 다르지 않았다.

수현은 이재명 사장에게 보다 확신을 주기 위해 좀 더 구체적으로 속마음을 담아 이야기하였다.

"물론 처음에는 연예계에 대해 별로 좋은 감정이 아니었습니다. 하지만 유진 누나나 사장님 덕분에 제 선입견이 많이 사라졌습니다. 그리고 앞에 계신 전 부장님이나 김 전무님을 포함한 다른 회사 직원들, 그리고 또 함께 데뷔를 준비한 멤버들과의 관계를 생각한다면 아무리 제가 은퇴하려고 마음먹었다고 해도, 이렇게 갑자기 폭탄선언 하는 방법을 선택하진 않았을 겁니다. 발표하기 전 적어도 한 번은 상의를 드렸으면 드렸지."

자신에 대한 믿음이 부족하다는 데서 오는 서운함과 실망감을 앞세우기보다 상대의 불안을 잠재워 주기 위한 수현의 마음이 통한 것일까?

이재명 사장은 물론이고, 전창걸 부장도 수현의 말에 설득되어 크게 안도하였다.

기사에 나온 것과 달리 수현은 그룹 탈퇴나 연예계 은퇴를 고려하지 않았음을 확신한 것이다.

"알았다. 그럼 일단 이번 사태를 먼저 수습하고, 그다음에 어떻게 된 일인지 조사를 해보자!"

이재명 사장은 점차 확산되는 기사를 막는 것이 먼저라는 생각에 얼른 전창걸 부장에게 지시를 내렸다.

"우선 기자들 불러서 해명을 하고, 팬 카페에도 안심할 수 있도록 글을 올리는 걸로 조치하게!"

"알겠습니다."

이재명 사장이 전창걸 부장에게 지시 내리는 것을 지켜보던 수현은 어찌 되었든 이번 문제의 핵심에 자신이 거론되고 있으니 자신이 직접 나서는 편이 좋겠다 판단 내렸다.

"팬 카페는 제가 직접 글을 올려 해명하겠습니다. 그리고 기자들이 모이면 기자회견도 하죠."

"그래? 네가 그래 주면 우리야 고맙지."

수현의 말이 이재명 사장은 너무도 고마웠다.

원래 기획사는 소속 연예인들이 이런 일에 휘말렸을 때 해결을 해주기 위해 존재한다.

그런데 수현이 나서서 적극 도움을 준다고 하니 문제 해결이 더욱 쉬워지게 되었다.

"그럼 기자들이 다 모이는 대로 기자회견을 하는 것으로 하고, 그동안 수현이는 팬 카페에 해명 글 좀 올려라!"

"네!"

"알겠습니다."

막 대책 회의가 끝나고 다 같이 자리에서 일어나려던 찰나, 닫혀 있던 사장실 문이 덜컹! 열렸다.

"뭐야?"

노크도 없이 갑자기 열린 문 때문에 이재명 사장은 살짝 심기가 불편해져 목소리가 올라갔다.

하지만 안으로 들어온 사람은 그런 이재명 사장의 호통에도 아랑곳하지 않고 수현만을 보며 돌진했다.

"은퇴한다니, 그게 무슨 말이야?!"

"어! 누나, 이 시간에 어쩐 일이에요?"

안으로 들어온 사람은 바로 아시아의 여왕 최유진이었다.

스케줄을 마치고 돌아가던 길에 황당한 소식을 접하게 된 그녀는 곧바로 수현에게 전화를 했지만 통화가 연결되지 않았다.

그 시각 수현은 사장실에 불려 와 이야기하고 있던 중이라 미처 전화를 받지 못했던 것이다.

그 때문에 최유진은 뭔가 문제가 크게 발생했다 생각하고 수현의 행방을 수소문하였다.

그리고 수현이 회사에 있다는 소식을 접하자마자 무작정 회사로 쳐들어온 것이다.

"말해! 그게 무슨 소리냐니까?!"

최유진이 신경질적인 목소리로 소리쳤다.

자신의 적극적인 서포트로 수현이 아이돌로, 그리고 연기자로 연예계에 데뷔를 하였다.

그리고 현재 수현은 그녀와 많은 나이 차이에도 불구하고 깊은 관계를 맺고 있었다.

외부에 이것은 철저히 비밀이었다.

비밀을 알고 있는 사람은 매니저인 이소진뿐이었다.

물론 킹덤 엔터의 사장인 이재명도 그녀가 수현에게 관심이 크다는 것을 알고 있지만 딱 거기까지였다.

이혼 때문에 가장 가까이에 있던 남자, 그중에서 그녀가 기댈 수 있는 존재가 수현이기에 집착을 한다고만 생각하고 치료에 도움을 주고 있었다.

그리고 치료가 어느 정도 효과가 있는지 그녀는 예전보다 스트레스도 많이 줄었고, 편해졌다.

그런데 수현의 그룹 탈퇴와 연예계 은퇴 소식을 듣자 다시 본래 상태로 되돌아갔다.

그래서 이성을 잃고 무턱대고 사장실까지 쳐들어와 수현에게 윽박지르는 것이다.

"누나, 진정해요. 저도 어찌 된 일인지 모르겠지만, 그거

다 루머예요."

"뭐? 그게 말이 돼?!"

"저도 어처구니가 없어요. 오랜만에 휴가 받아서 가족들과 함께 저녁 먹고 쉬던 중에 갑자기 이렇게 불려온 거예요."

수현은 자신도 억울하다는 듯 최유진에게 사정을 설명했다.

"누나에게도 제가 이야기했잖아요. 오늘 어머니 생신이라 직접 요리를 해서 드릴 거라고. 그때 누나가 그랬죠? 누나에게도 나중에 시간 나면 요리해 달라고."

수현은 며칠 전 만났을 때 했던 이야기를 그녀에게 들려주었다.

"……아!"

최유진은 그제야 며칠 전 수현과 나눴던 대화가 생각나 탄성을 질렀다.

"지금 제가 벌어들이는 돈이 얼만데 벌써 은퇴를 해요."

"그건 그렇지."

돈 이야기에 최유진도 안심이 되는지 목소리가 수그러들었다.

나중에라면 모를까, 이제 한창 수익을 얻는 시점에서 은퇴라니 말이 되질 않는 것이다.

"하! 이게 뭔 일이냐!"

이재명은 킹덤 엔터의 최고 톱스타 최유진까지 나타나 한바탕 난리를 피운 것에 한숨을 쉬며 한마디 중얼거렸다.

'두 사람이 뭔가 있나 보네!'

한편, 느닷없이 나타난 최유진으로 혼란스러웠던 전창걸은 수현에게 한바탕 쏟아 붓는 최유진과 그녀를 진정시키는 수현을 보며 두 사람이 보통 사이는 아니란 생각이 들었다.

하지만 그런 생각은 떠오르기 무섭게 금방 사라졌다.

한 사람은 자신이 담당하는 그룹의 리더고, 또 다른 한 사람은 자신이 소속된 회사의 가장 중요한 고객이다.

아니, 고객만이 아니라 이사 직함을 가지고 있는 상급자다.

그런 이의 일에 굳이 관여한다는 것은 제 손으로 무덤을 파는 행위와 같았다.

따로 독립을 한다거나 두 사람에게 억하심정이 있지 않고서야 자신의 밝은 미래를 위해 관여하지 않는 것이 최선이었다.

그렇게 생각한 전창걸은 이재명 사장을 돌아보았다.

"전 지시한 것을 처리하기 위해 나가보겠습니다."

"그래요, 전 부장은 나가봐요."

어느 정도 상황이 진정된 듯하자 이재명 사장은 전창걸에게 나가보란 지시를 하고 자신의 자리로 가서 앉았다.

수현을 보자마자 닦달하는 최유진으로 인해 아직까지 자

리에 앉지도 못하고 있었다.

"뭐 해! 앉지 않고."

이재명 사장은 최유진이 멀뚱히 서 있는 것을 보며 한소리 하였다.

그때, 아직 닫히지 않은 사무실 문 사이로 비집고 들어온 이소진이 최유진을 보며 소리쳤다.

"언니! 그렇게 막 혼자 가시면 어떻게 해요."

"아, 미안."

수현에게 설명을 듣고 한결 마음이 누그러든 최유진은 화를 내는 이소진에게 바로 사과를 했다.

그러나 이소진도 최유진보다는 수현이 더 급한 용건이었다. 이소진은 수현을 발견하자마자 득달같이 질문을 쏟아냈다.

"이…… 수현아, 어떻게 된 일이야? 정말로 뉴스에서 떠드는 것처럼 은퇴하는 거야?"

최유진에 이어 그녀의 담당 매니저인 이소진까지 사무실에 쳐들어오자, 이재명 사장은 도미노처럼 이어지는 상황을 끝내기 위해 헛기침을 하였다.

"흠흠."

"아! 사장님, 죄송합니다."

뒤늦게 자신의 실수를 깨달은 이소진이 얼른 고개를 숙이며 사죄하였다.

"아니야! 이 팀장도 유진이 때문에 정신이 없었을 것이니, 내 이해하지."

이재명은 처음 최유진이 사무실로 쳐들어왔던 순간을 생각하며 그녀의 담당 매니저인 유소진이 그녀를 찾아 사무실에 들어온 것은 당연한 일이기에 이해를 하고 넘어가기로 했다.

수현도 뜬소문을 퍼트리는 기사를 잠재우는 것이 우선이라 그녀들을 일단 돌려보내기로 하였다. 괜히 같이 있다가 일이 더 커질 수도 있기 때문이었다.

"누나, 누나는 먼저 들어가세요. 저는 아직 할 일이 있어요. 일 해결되면 제가 연락할게요."

수현의 말에 최유진은 마음에 들지 않는지 그의 얼굴을 쳐다보았다.

"그래, 언니! 회사 지금 이 일로 복잡한 것 같으니 우린 일단 돌아가서 기다리자! 수현이가 나중에 이야기해 준다잖아."

이소진도 눈치를 보다 최유진을 달랬다.

소진의 말에 설득된 것인지, 아니면 연락하겠다는 수현의 말에 넘어가기로 한 것인지 알 수는 없으나 최유진은 한숨을 내쉬고는 어렵게 수현에게서 시선을 떼고 이소진과 함께 사무실을 나갔다.

최유진을 뒤따르던 이소진은 문을 나서기 전, 수현을 돌아보며 손을 전화기 모양으로 만들어서는 귀에 대고 흔들었다.

연락을 하라는 신호였다.

이에 수현은 그녀를 보며 고개를 살짝 끄덕여 주었다.

"그럼 저도 나가보겠습니다."

"그래."

마지막으로 수현이 인사를 하고 나가자 이재명 사장은 드디어 한바탕 폭풍이 불고 지나간 사무실에 혼자 남겨졌다.

"후…… 되다, 되……."

*　　*　　*

"소문이 어떻게 해서 난 것인지는 모르겠지만, 전 로열가드에서 탈퇴를 할 생각도, 그리고 연예계를 은퇴할 생각도 없습니다."

찰칵! 찰칵!

수현은 자신의 은퇴에 대한 루머로 혼란스러워진 상황을 해결하기 위해 기자회견을 하고 있었다.

"그럼 그 사진은 어떻게 된 것입니까?"

수현이 루머에 대한 해명을 하자 기자석에서 누군가 질문을 하였다.

"네, 그건 오늘 제 어머니 생신이라 제가 요리를 대접해

드린 것이 와전이 된 것입니다. 사실…… 조원이 부모님 생신에 직접 미역국을 끓여 드릴 것이란 이야기를 듣고 생각한 것인데, 평소 인심이 넉넉하신 부모님이 당시 가게에 계시던 직원분들과 손님들께 남은 스테이크를 나눠 드린 것이 발단이 된 듯합니다."

수현은 간간이 템포를 쉬어가며 사진의 출처가 된 당시 상황을 설명했다.

"그럼 수현 씨는 그룹 탈퇴나 연예계 은퇴에 관해선 전혀 생각하지 않고 있다는 말씀이십니까?"

"그렇습니다. 제가 왜 은퇴하겠습니까? 기자님들이 지금의 저라면 은퇴를 하시겠습니까? 이만큼 열심히 일해서 이제 겨우 인기를 얻었는데요. 광고 몇 편만 찍어도 돈이 얼맙니까?"

수현이 기자들을 쳐다보며 살짝 농담을 던졌다.

"하하하하!"

"하하하!"

수현의 농담이 통했는지 가지들 사이에서 커다란 웃음소리가 퍼져 나왔다.

"저……."

그러다 수현이 마이크에 대고 말을 끌자 순식간에 장내가 조용해졌다.

수현이 뭔가 중요한 이야기를 하려는 듯 보였기 때문이

다.

그리고 그런 기자들의 예상은 적중했다.

"그런데 전 좀 이상한 생각이 듭니다. 제가 가게 손님들에게 스테이크를 구워 나눠 드린 것이 불과 몇 시간 전인데, 어떻게 일이 이렇게까지 와전이 되어 퍼진 것인지 알 수가 없습니다. 혹시……."

수현은 일부러 자신의 생각을 끝까지 말하지 않았다.

입 밖으로 내지 않은 끝말은 혹시 누군가가 킹덤 엔터와 로열 가드, 그리고 자신을 음해하기 위해 일부러 와전시킨 것이 아닌가, 하는 것이었다.

하지만 수현은 그러한 말을 직접 하기보단 기자들이 스스로 머릿속에 떠올리도록 말끝을 흐렸다.

자신이 직접 언급하면 또 다른 논란을 불러들일 수 있기에 운만 떼는 것이다.

회사 내에서도 자체적으로 조사를 하겠지만 어차피 기자들도 이번 소동이 벌어지게 된 과정을 조사하여 기사를 낼 것이다.

그러니 기자들의 힘을 빌리면 소문을 이상하게 와전시킨 범인을 보다 빠르게 찾지 않을까 하는 생각에서 한 일이었다.

그리고 그의 의도는 정확하게 들어맞았다.

"그럼 이번 일은 그냥 해프닝이고, 와전된 것은 누군가의 음해 때문이라 생각한다는 말씀입니까?"

"그럴 수도 있지 않을까 가능성은 열어두고 있습니다. 너무도 짧은 시간에 일이 너무 이상하게 변한 것이……."

수현은 기자들의 질문에 소신껏 이야기를 하면서도 교묘하게 말끝을 흐리면서 자신이 의도하는 방향으로 기자들의 관심을 돌렸다.

발 빠른 기자는 노트북을 이용해 그 자리에서 바로 수현의 의혹을 기사 머리에 올렸다.

그리고 기사 내용은 주시하고 있던 로열 가드와 수현의 팬들에게로 곧장 전해졌다.

이렇게 수현의 그룹 탈퇴와 연예계 은퇴 뉴스는 해프닝으로, 그리고 혹시나 누군가에 의해 와전된 것은 아닌가 하는 의문을 남기고 일단락되었다.

Chapter 7

해프닝, 그 후

"수고하셨습니다."

수현은 기자들이 모두 빠져나간 회견장을 잠시 돌아보다 자신의 옆에 있는 전창걸을 보며 인사를 하였다.

"그래, 쉬는데 불러서 미안하다."

"아니에요. 저 때문에 생긴 일인데, 제가 마무리를 해야죠."

휴가 기간에 회사로 부른 것 때문에 미안해하는 전창걸을 보며 수현은 오히려 그를 위로하였다.

"저 때문에 쉬지도 못하시고, 죄송해요."

"아니다. 그런데 어떻게 할래?"

전창걸은 너무 늦은 시각이라 수현에게 부모님 집으로 갈 것인지 아니면 로열 가드의 숙소로 갈 것인지 물어본 것이다.

“시간이 늦어서 그냥 전화만 드리고 숙소로 들어가야겠네요.”

기자회견을 하느라 벌써 시간이 자정을 넘어 새벽 2시가 넘었다.

연예인에게 루머가 돌아 기자회견이 필요할 때면, 보통은 주간에 기자들을 모아서 해명을 한다.

하지만 이번 수현의 그룹 탈퇴와 연예계 은퇴 루머는 시간이 흐를수록 점점 걷잡을 수 없게 커져만 가는 루머를 잠재우기 위해서 늦은 시각이었지만 기자들을 불러 해명 기자회견을 자처한 것이다.

다행히 수현과 연관된 루머가 너무도 엄청난 일이라 기자들은 킹덤 엔터에서 소식이 가자마자 늦은 시각임에도 많이 모였다.

그리고 수현은 그 자리에서 일이 어떻게 된 것인지 해명을 하고 오히려 이런 루머가 번지게 된 원인에 의구심을 느낀다는 소감을 가감 없이 기자들에게 터뜨렸다.

이번 사태에 기자들도 한몫을 했기에 아마도 좀 더 자세히 조사를 하여 사건이 일파만파 커지게 된 원인을 찾아낼 것이다.

그러니 이제는 느긋하게 기다리기만 하면 된다.

"늦었는데, 데려다줄까?"

전창걸이 수현을 돌아보며 물었다.

"아니요. 저 차 가져왔습니다. 그냥 제 차 타고 가면 돼요. 부장님도 들어가세요."

"알았다. 그럼 난 좀 더 마무리하고 갈 테니, 너 먼저 들어가라!"

자신의 차를 타고 숙소로 가겠다는 수현의 말에 전창걸은 그렇게 하라며 먼저 자리를 뜨다가 번뜩 떠오르는 생각에 되돌아섰다.

"참! 애들도 걱정 많이 하더라! 네가 가서 위로 좀 해줘라!"

"알겠습니다. 그럼 휴가 끝나고 봬요."

비록 엉뚱하게 일이 발생해 오늘 하루 제대로 보내지 못했지만 아직 휴가는 이틀이나 남아 있었다.

"그래, 모레 보자!"

날은 밝지 않았지만 벌써 휴가 이틀째였기에 전창걸은 모레 보자며 자리를 떠났다.

그런 전창걸의 뒷모습을 잠시 지켜보던 수현은 얼른 전화기를 꺼내 부모님께 전화를 드렸다.

"엄마! 네, 아니에요. 그냥 아까 가게에서 있었던 일 때문에 뭔가 오해가 생긴 것뿐이에요."

수현은 회사에서 갑자기 전화가 오는 바람에 불려 온 자신 때문에 걱정했을 부모님께 상황을 차분히 설명 드렸다.

"아무 걱정 하지 마시고 주무세요. 네. 전 너무 늦었으니 숙소로 갈게요."

벌써 새벽 2시가 넘은 시간이기에 부모님 집으로 갔다가는 제대로 쉬지도 못하고 일어나야 할 것 같아 그냥 숙소로 간다고 전하였다.

"그럼 주무세요. 내일 시간 나면 들러서 자세히 설명 드릴게요."

수현은 그렇게 부모님을 안심시키고 전화를 끊었다.

그리고 바로 자신의 전화를 기다리는 사람에게 전화를 걸어 같은 내용의 이야기를 다시 시작했다.

"누나! 방금 기자회견 끝냈어요."

— 너 정말로 그런 거 아니지?

최유진은 수현의 은퇴 루머가 신경이 쓰이는지 다시 한 번 물었다.

"그런 것 아니에요. 그냥 팬들이 올린 사진 때문에 벌어진 오해예요. 지금은 너무 늦었으니 자세한 것은 내일 낮에 만나서 이야기해요."

— 알았어! 그럼 시간 비워둘 테니, 와서 설명해!

"알았어요. 그럼 저도 숙소로 가야 하니 있다 봬요."

— 그래, 쉬어라!

"알았어요."

띠!

부모님에 이어 최유진에게까지 안심하라는 전화를 모두 끝마친 수현은 그제야 숙소로 돌아가기 위해 주차장으로 향했다.

"하아!"

늦은 새벽, 주차장으로 걸어가는 수현은 자신도 모르게 한숨을 쉬었다.

자신의 의사와는 상관없이 누군가의 오해로 인해 이런 일을 겪다 보니 순간적으로 연예계에 대한 환멸을 느꼈다.

인기가 높아질수록 그에 열광하는 사람도 있겠지만, 반대로 그것을 질투하는 이도 상대적으로 늘어날 것이다.

그리고 수현의 생각은 자꾸만 이번 사태가 그런 사람들이 벌인 일은 아닌가 하는 의심으로 흘러갔다.

"으으……."

자신의 차가 주차되어 있는 앞까지 걸어온 수현은 스멀스멀 피어오르는 부정적인 생각을 고개를 흔들며 털어냈다.

부정적인 생각이 하다 보니 꼬리에 꼬리를 물고 점점 커졌다.

그러다 보니 순간적으로 정말 연예계 은퇴를 할까 라는 생각도 들었다.

하지만 그런 생각은 아주 순간이었다.

자신을 시기하고 질투하는 이들보단 최유진처럼 자신을 응원하고 후원해 주는 이들이 더욱 많았다.

그런 이들을 실망시키지 않기 위해서, 그리고 가족이나 다름없는 동생들을 위해서라도 그런 부정적인 생각에 먹히면 안 되겠다는 싶었던 것이다.

부우웅!

그렇게 수현은 흔들리는 마음을 다잡고 차를 몰아 숙소로 향했다.

*　　　*　　　*

으음!

잠을 자던 수현은 아침이 되자 눈을 떴다.

새벽 3시가 다 되어 들어왔지만, 일반 사람들과는 다른 신체를 가진 수현은 전혀 영향을 받지 않았다.

자리에서 일어난 수형은 본능적으로 바로 옆에 있는 테이블에 놓인 시계를 쳐다보았다.

'7시네!'

시계가 오전 7시를 가리키고 있었다.

벌떡!

침대에서 일어난 수현은 간편한 옷으로 갈아입고 밖으로 나갔다.

덜컹!

저벅! 저벅!

쏴아!

일찍 일어난 김에 머리를 감고 샤워도 마친 수현은 개운한 기분으로 물기를 닦고 밖으로 나왔다.

"어? 형! 언제 오셨어요?"

막 샤워를 마치고 나오는 수현에게 누군가 말을 걸어왔다.

"어, 조원이구나! 잘 잤냐?"

수현은 자신을 부르는 사람이 누군지 확인하고 아침 인사를 하였다.

"네! 네. 그런데 형, 어떻게 된 일이에요? 정말로 그룹 탈퇴하는 거예요?"

어제저녁부터 불기 시작한 수현의 연예계 은퇴에 관한 루머 때문에 조원뿐만 아니라 휴가를 즐기던 다른 로열 가드 멤버들 모두 일찍 숙소로 복귀하여 이에 대해 토론을 했었다.

하지만 당사자가 없는 상태에서 대책을 논의해 봐야 결론은 나오지 않았다.

그 때문에 늦은 시간까지 논의를 하다 다들 피곤하자 자신의 방으로 들어가 잠을 잤다.

숙소에는 방이 네 개나 되지만 혼자 사용하는 사람은 없었다.

로열 가드의 인원이 아홉 명이나 되기 때문이다.

그래서 가장 큰 안방은 세 명이 사용하고, 작은 방 세 개는 각각 2인 1실로 사용하고 있었다.

리더인 수현은 윤호와 한 방을 쓰고 있었는데, 어제 새벽에 수현이 돌아왔을 때는 방이 비어 있었다.

뭐 있었다 해도 원래 잠이 들면 누가 와서 업어 가도 모를 정도로 깊이 잠이 드는 윤호이니 수현이 들어온 줄도 모르도 잘 잤겠지만.

윤호는 현재 친구인 성민과 함께 그 방에서 자는 중이었다.

대책 회의를 한다고 늦게까지 다른 멤버들과 이야기를 하다 그대로 잠이 든 것이다.

덕분에 수현은 숙소에서 시달리지 않고 편하게 잘 잤지만, 그 대신 아침부터 멤버에게 질문 공세를 받게 된 것이다.

"어휴! 말도 마라! 그것 때문에 어제 해명 기자회견하고 새벽에 늦게 들어왔다."

조원의 질문에 수현은 인상을 찡그리며 손사래를 하였다.

"그래요? 그럼 형 탈퇴하는 것 아닌 거죠?"

조원은 수현의 해명에 표정이 밝게 피어오르다 뭐가 그리 불안한지 재차 확인하듯 물었다.

"그래, 내가 왜 그만두냐! 아마 지금쯤 해명 기사 나왔을 것이다."

수현은 물기를 마저 털어내며 대답해 주었다.

수현의 해명에 그제야 완전히 마음을 놓은 조원이었다.

"그런데 어쩌다 그런 루머가 터진 것이에요?"

걱정하던 일이 해결되자 궁금한 듯 조원이 루머가 발생한 원인을 물었다.

그런 조원의 질문에 수현은 자신이 알고 있는 것을 토대로 이야기를 들려주었다.

"아마 내가 나눠 준 고기 때문에 누군가 지레짐작하고 그런 말을 SNS에 올린 것 같다. 그리고……."

"아! 하여튼 우리나라 사람들은……!"

수현이 하는 설명을 모두 들은 조원은 그제야 어떻게 된 일인지 깨달을 수 있었다.

딸깍!

그때, 한 곳의 방문이 열렸다.

"어! 수현이 형!"

"뭐! 수현이 형 오셨다고?!"

막 일어나 방문을 나서던 윤호가 거실에서 수현의 모습을 발견하고 소리쳤다.

그러자 윤호가 나온 방 안에서 또 다른 목소리가 이어서 들렸다.

그리 큰 소리는 아니었지만 어제 수현에 관련된 루머 때문에 잔뜩 긴장했던 로열 가드의 멤버들이 하나둘 밖으로 몰려나왔다.

"형, 언제 오셨어요?"

"수현이 형! 정말로 그룹 탈퇴하는 거예요?"

"아니죠? 그런 것 아니죠?"

방 밖으로 나온 멤버들은 수현을 보자마자 앞다퉈 물어보고 싶은 것들을 질문했다.

조금 전 조원이 물어온 질문과 하나도 다르지 않은 질문들이었다.

그러나 같은 질문을 일곱 명이나 떼로 몰려와 떠드니 무척이나 정신없고 소란스러웠다.

"그만!"

"합!"

수현이 조용하라고 외치자 참새 새끼마냥 조잘거리던 멤버들의 입이 한순간 닫혔다.

"한 번만 이야기한다. 잘 들어!"

어젯밤부터 같은 설명을 몇 번이나 반복했던지라 수현은 슬슬 짜증이 나려 하고 있었다. 그래서 멤버들이 모두 모인 김에 이번 한 번으로 모든 설명을 끝낼 요량으로 큰 소리로 외쳤다.

"그룹 탈퇴? 안 한다. 연예계 은퇴? 당연히 그런 생각

없다!"

"그게 정말이에요?"

"그래! 그러니 더 이상 그것에 대한 질문은 끝! 더 이상 떠들면 나 화낸다."

수현은 그렇게 마치 선언이라도 하듯 간단하게 해명을 끝내고 자신의 방으로 향했다.

그러자 멤버들은 방 안으로 들어가는 수현의 뒷모습을 멀뚱히 쳐다보며 눈을 껌벅거렸다.

"음……."

수현이 방으로 들어가고도 한동안 그렇게 닫힌 방문을 쳐다보던 멤버들은 휙 조원에게로 시선이 집중되었다. 가장 먼저 수현과 이야기를 나누고 있었으니 뭔가 더 들었을 거라 짐작한 것이다.

우르르 달려든 멤버들은 조원에게 조금 전 수현과 무슨 이야기를 했는지 꼬치꼬치 물어보았다.

딸깍!

그렇게 한창 멤버들이 조원을 가운데 두고 질문 공세를 펼치는 가운데, 닫혔던 문이 열리고는 옷을 차려입은 수현이 방에서 나왔다.

"나 먼저 나간다."

"어? 형, 어디 가세요?"

"그래. 어제 부모님과 함께 있다가 회사로 호출이 됐다."

"아!"

멤버들은 수현이 이렇듯 이른 시간부터 나가려 하는 이유가 바로 납득이 됐다. 자신들도 이렇게 불안했는데 함께 있던 부모님들은 오죽하시겠는가. 찾아뵙고 그간의 사정을 말씀드리는 게 당연한 도리였다.

"네, 다녀오세요."

"응. 사고 치지 말고, 나 나간다."

"네!"

조금 전 수현이 단호하게 대처한 덕분인지 멤버들은 그를 붙잡지 않았다.

수현은 한결 가벼운 마음으로 부모님 집이 있는 봉천동으로 향했다.

새벽 기자회견을 끝내고 안심하시라고 전화를 드리기는 했지만, 어디 부모님의 마음이 그걸로 놓이겠는가. 멀쩡히 잘 지내도 언제나 자식 걱정이 앞서는 게 부모님 마음이다. 직접 찾아뵙고 얼굴 마주 보면서 다시 한 번 찬찬히 설명드려야 진심으로 걱정을 내려놓으실 터였다.

주차장에서 세워뒀던 차를 몰고 나온 수현은 보다 빨리 부모님께 향하고자 속도를 더욱 높였다.

*　*　*

역시나 부모님은 간밤에 잠을 설치신 듯 피곤이 쌓인 얼굴이었다.

수현은 어제저녁에 있었던 일들을 하나하나 차근히 설명드리며 다시 한 번 안심을 시켜 드렸다.

세세한 점까지 모두 알려 드리자 그제야 부모님은 마음을 놓으시는 듯했다.

물론, 누군가 수현과 소속사인 킹덤 엔터를 음해하려 꾸민 듯하다는 건 언급하지 않았다.

이제 겨우 안도하시는 부모님께 또다시 걱정을 안겨 드리고 싶지 않은 때문이었다.

이후로 뭔가 일이 더 발생하기 전에 자신이 잘 해결해 놓으면 앞으로도 절대 알게 되실 염려도 없는 일이었다.

그렇게 수현은 부모님과 아침을 함께하며 어제 못다 한 시간을 보냈다.

11시쯤, 수현은 약속했던 대로 최유진을 찾아와 다시 한 번 해명을 풀어놓았다.

그러자 옆에서 같이 듣고 있던 이소진이 황당한 표정으로 그를 쳐다보았다.

"네가 한 요리가 얼마나 대단하기에 사람들이 그런 오해를 하냐?"

"그러게 말이다."

옆에서 최유진이 맞장구를 쳤다.

그들은 지금 작은 카페에 앉아 얘기를 나누는 중이었다.

이른 시간이라 손님도 많지 않고, 유진이 자주 오는 곳이라 은밀한 얘기가 새어나갈 염려도 없어 이곳을 택했다.

이야기를 주도적으로 이끄는 사람은 이소진과 수현이었고, 최유진은 옆에서 조용히 두 사람이 하는 이야기를 듣고 있었다.

"넌 그런 맛있는 것이 있으면 우리들에게 먼저 해줘야 하는 것 아냐?"

이소진의 타박에 최유진도 첨언을 하며 수현을 흘겨보았다.

"그러게 말이다. 우리가 지를 거둬 먹인 것이 얼만데."

"아, 그거야 부모님 생신에 맞춰 준비한 것이라……."

두 사람이 합심하여 자신을 코너로 몰아가자 수현은 어쩔 수 없이 항복을 하였다.

"알았어요. 시간 내서 누나들에게도 만들어 드릴게요."

"시간을 내긴 언제 낸다고, 당장 오늘 준비해!"

"네? 그게 시간이 얼마나 오래 걸리는 것인데. 양념도 하고 허브와 요거트에 재워 숙성도 시켜야 한다고요."

당장 오늘 준비하라는 이소진의 말에 수현은 기겁을 하며 소리쳤다.

그러나 이소진은 수현의 반항에도 그를 째려보며 윽박질렀다.

"너, 어제부터 휴가라는 것 내가 알고 있다."

"그래, 우리를 그렇게 신경 쓰이게 했으면 당연히 마음을 풀어주려 노력해야 하는 것 아냐?"

"맞아!"

수현이 자꾸만 빼려는 듯 보이자 조용히 지켜보고 있던 최유진까지 나서서 수현을 압박했다.

그에 이소진이 얼씨구나 맞장구를 치며 두 사람이 합심한 압박 공세가 수현에게 펼쳐졌다.

"너, 여자에게 스트레스가 얼마나 치명적인지 모르니? 자, 봐! 여기 너 때문에 주름진 것!"

아닌 게 아니라 어제 잠을 제대로 자지 못한 최유진의 얼굴에 피로가 한가득이었다.

비록 화장으로 가리기는 했지만 예리한 수현의 눈치를 벗어날 수는 없었다.

"하, 알았어요. 해주면 될 것 아니에요."

짝!

"야호! 작전 성공!"

수현의 해주겠다는 허락이 떨어지기 무섭게 이소진과 최유진은 손뼉을 마주치며 환호를 하였다.

도대체 수현이 만든 스테이크가 어떤 맛이기에 그런 해프닝이 벌어진 것인지 궁금했던 이소진과 최유진은 수현으로부터 연락이 오기 전 작당을 해서는 미리 계획을 다 짜

놨었다.

어떤 식으로 수현을 압박해서 스테이크를 내놓게 할지 말이다.

그리고 수현으로부터 해주겠다는 약속을 받아냈으니 그녀들의 계획은 성공적이었다.

물론 이것은 다 수현이 그녀들을 소중히 생각하기에 자처해서 져 준 덕분에 이뤄낸 결과였다.

그녀들도 그것을 알기에 원하던 바를 얻고 난 뒤에는 더는 까칠하게 굴지 않고 수현을 편안하게 해주었다.

“소진이 유치원은 언제 끝나요?”

지금 그들은 인근 카페에서 최유진의 둘째 딸인 성소진의 유치원 종료 시간을 기다리는 중이었다.

“음…… 지금 2시 반이니까 곧 끝나겠다. 소진이 유치원 들렀다가 예진이 학교로 가면 대충 시간이 맞을 것 같다.”

약속도 했겠다, 스테이크를 구우려면 장부터 먼저 봐야 했기에 수현은 먼저 자리에서 일어났다.

“그럼, 애들 데리고 오세요. 전 먼저 가서 준비를 할게요.”

“알았다. 비밀번호는 잊지 않았지?”

최유진은 작은 목소리로 물었다.

집 비밀번호를 다른 사람에게 알려준다는 것은 무척이나 중요한 일이다.

더욱이 젊은 남자에게 집 비밀번호를 알려준 것이 외부에 알려진다면 어떤 루머가 양산될지 안 봐도 뻔했다.

한류 여신 최유진과 떠오르는 한류 스타이자 최고의 아이돌 그룹 리더 수현 간의 태풍급 스캔들이 터지는 것이다.

그러니 저절로 목소리가 낮춰졌다.

“네. 알아요. 먼저 일어날게요.”

수현은 그렇게 최유진에게 대답하고 자리를 떴다.

‘하! 언제까지 이렇게 살아야 할까?’

카페 밖으로 나가는 수현의 뒷모습을 최유진은 알 수 없는 눈빛으로 마지막까지 쳐다보았다.

본래 수현은 오늘 아이들과 함께 놀이공원에 가려고 했었다.

오랜만에 휴가를 받았고 바쁜 최유진도 때마침 오늘 스케줄이 비었으니 만나는 김에 함께 아이들과 놀아주려고 하였지만, 요리를 원하는 최유진과 이소진으로 인해 계획이 변경되었다.

최유진은 작년 성정국과 이혼한 뒤 되도록 많은 시간을 딸들과 보내려 하고 있었다.

하루아침에 엄마와 아빠가 한 집에 살지 않고 따로 산다는 것은 어린아이들이 감당하기에는 쉽지 않은 일이었다.

그녀는 처음에는 이혼의 아픔이 커 잊기 위해 일에 매달렸지만 곁에서 가족처럼 함께해 주는 수현과 매니저인 이소진 덕분에 빠르게 일상으로 돌아올 수 있었다.

최유진은 자신이 이혼한 건 술 때문이라고 했지만 수현은 그녀가 이혼을 결심하게 된 것이 자신의 잘못 같아 무척 신경이 쓰였다.

최유진과 일이 있었고, 그 뒤 몇 번 그녀와 함께 밤을 보낸 터였다.

그러니 그녀의 딸들에게 신경이 쓰이는 것은 어쩌면 당연한 일이었다.

그래서 조언을 아끼지 않았고, 최유진이 딸들에게 정성을 쏟으며 시간을 보낼 때 종종 함께 자리를 하였다.

아직 어린 성소진은 자상한 수현을 잘 따랐지만, 큰 딸인 성예진은 수현에게 어느 정도 거리를 두었다.

그러다 작년 크리스마스를 계기로 수현에게 어느 정도 마음을 열었다.

그날은 최유진과 성정국이 이혼한 뒤 처음 맞는 크리스마스였음에도 성정국은 아이들을 만나러 오지 않았다.

최유진은 그래도 자신과 관계는 끝났지만 딸들에게는 시간을 내줄 것이라 기대했지만, 성정국은 그녀가 생각하는 이상으로 자신의 삶에 집중하는 사람이었다.

그게 무슨 말인가 하면, 가족보다 자신의 행복에 더 큰 비중을 두는 사람이란 소리다.

사랑은 내리사랑이라고 하지만 성정국에게는 그런 건 없

었다.

더욱이 내연녀와 재혼을 한 뒤 그 가족만이 자신의 유일한 가족이라 생각하고 있었기에 예진과 소진의 존재는 그의 뇌리에 없었다.

하루 종일 아빠를 기다리던 성예진과 성소진은 아빠가 오지 않는다는 사실에 크게 실망을 하였다.

뒤늦게 그 사실을 알게 된 최유진은 수현에게 SOS를 쳤다.

그날 수현은 부모님과 함께 있었지만 평소 자신의 잘못도 있다 생각했기에 늦은 시각임에도 핑계를 대고 나와 최유진에게로 향했다.

산타 분장을 하고 나타난 수현은 최유진의 두 딸에게 선물도 주고, 밤늦게까지 아빠 대신 놀아주었다.

수현에게 데면데면하게 굴던 성예진은 그 일을 계기로 조금씩 마음의 문을 열어 지금은 그와 상당히 관계가 많이 발전된 상태였다.

그러다 수현에게 확 빗장을 열게 된 건 그 뒤 얼마 후였다.

학교에서 부모 참관 수업을 진행했는데, 아빠인 성정국은 연락은 되었지만 시간을 낼 수 없다는 답변을 해왔고, 최유진은 그날 스케줄 때문에 시간을 낼 수가 없었다.

그래서 수현이 대신 성예진의 참관 수업에 대신 참석

했다.

이미 예진의 학교 친구들도 수현이 예진과 함께 있는 모습을 종종 보았기에 이상하게 생각하는 사람은 없었다.

더욱이 크리스마스 이후 예진이 수현을 삼촌이라고 부르는 터라 부모 대신 참관을 하는 것이 매우 자연스러웠다.

게다가 학교 친구들이 오히려 수현이 오는 것을 더 반겼다.

그가 아이들에게도 인기가 많은 아이돌 그룹 로열 가드의 리더란 것이 크게 작용한 것이다.

아이들뿐만이 아니다.

학부형들도 유명 스타인 수현이 오는 것에 좋아했다.

예진의 엄마인 최유진은 수현과 비교할 수도 없는 톱스타지만, 말 그대로 최유진은 너무도 하늘 높은 곳에 떠 있어 감히 가까이하기 부담스러운 존재였다.

그러나 수현은 데뷔를 한 지 얼마 되지 않은 신인이라는 것도 있고, 또 잘생긴 미남이지 않은가.

그런데 참관을 위해 학교에 직접 찾아오니 반기지 않을 수가 없다.

그렇게 자칫 외톨이가 될 수 있는 상황에서 수현 덕분에 반에서 인기 스타 못지않은 주목을 받게 된 예진은 그 뒤로 수현과도 곧잘 어울려 시간을 보냈다.

*　　*　　*

달그락! 달그락!

저녁 시간, 최유진의 집 식당에는 최유진을 비롯한 그녀의 두 딸과 전담 매니저인 이소진, 그리고 수현이 함께 저녁을 먹고 있었다.

이들은 수현이 직접 요리를 한 스테이크를 썰고 있었는데, 모두 수현이 구워준 스테이크를 입안 가득 넣고 만족한 듯 입가에 행복한 미소 미소가 떠올랐다.

"입에 맞아?"

수현이 자신의 왼쪽에 앉아 있는 최유진의 둘째 딸 성소진에게 스테이크 조각을 잘라 주며 물었다.

마치 아기 새가 어미가 가져다주는 먹이를 받아먹듯 잘라 주는 고기 조각을 맛있게 받아먹으며 소진은 만족스런 얼굴로 대답했다.

"네! 마이떠요."

살짝 혀 짧은 소리를 하는 소진이었지만 듣는 이로 하여금 너무도 귀엽게 느껴지는 목소리였다.

"그래, 많이 먹어라!"

수현은 맛있다며 엄지손을 척하니 내미는 소진의 모습이 너무도 귀여워 또 한 번 스테이크 조각을 잘라 입에 넣어주었다.

"와, 정말 전문점에서 먹는 것보다 맛있는 것 같다."

옆에서 자신의 앞에 놓인 큼지막한 스테이크를 잘라 먹고 있던 이소진도 입안의 고기를 넘기며 한마디 하였다.

"맛있다니 고마워요."

이소진의 칭찬에 수현은 그녀를 향해 미소 지어 보이며 감사의 인사를 하였다.

"삼촌이 해준 스테이크 정말로 맛있어요. 나 내일 학교 가서 친구들에게 자랑해야지."

최유진의 첫째 딸 성예진도 대화에 동참하며 눈을 반짝였다.

아직 초등학생이지만 톱스타 최유진의 딸로 살아오면서 스테이크를 한 번도 안 먹어보지는 않았다.

그런데 오늘 먹은 스테이크는 손에 꼽을 정도로 정말로 맛있었다.

더욱이 스테이크를 구워준 사람이 일반 식당의 요리사가 아니라 또래는 물론이고, 많은 사람들에게 인기가 있는 스타이지 않은가? 덤으로 너무도 잘생긴 미남이기도 하고.

예전이야 엄마 경호원으로 자주 보았기에 별 생각이 없었지만, 엄마와 아빠가 이혼을 하고 힘들 때 아빠 대신 자신을 챙겨주고, 또 친구들에게 놀림을 받을 때도 학교로 찾아와 자신의 기를 살려준 사람이지 않은가.

물론 예진은 수현에게 아주 불만이 없는 것은 아니었다.

이제 초등학교 6학년이 된 예진은 자신이 삼촌이라 부르는 수현과 엄마가 평범한 사이는 아니란 것을 눈치채고 있었다.

예진이 눈치챈 건 엄마의 분위기가 달라진 때문이었다.

자신과 동생 소진이 할머니 집에서 자고 오는 날이면 엄마는 뭔가 들뜬 표정으로 하루 종일 기분이 좋았다.

처음에는 그게 무슨 의미인지 몰랐다.

그저 아빠와 따로 살면서 우울했던 엄마가 표정이 밝아지고 기분 좋아진 것이 마냥 보기 좋았다.

하지만 같은 상황이 반복되고, 또 동생과 이름이 같은 소진 이모의 당황하는 표정까지 목격하면서 예진은 엄마와 자신이 삼촌이라 부르는 수현 사이에 뭔가 있다고 생각을 하게 되었다.

다만 예진은 아직 어리기에 그게 어떤 식으로 연관이 있는 것인지는 몰랐다. 그저 엄마가 삼촌을 좋아하는 것 같다는 짐작만 할 뿐이다.

부모가 이혼을 한 가정의 아이들은 일찍 어른이 된다고 했던가? 그런 엄마의 모습을 보면서 예진은 자신이 눈치채고 있음을 겉으로 드러내지 않았다.

괜히 입 밖으로 말을 꺼내고 나면 뭔가 잘못된 일이 벌어질 것만 같은 예감 때문이었다.

그 때문에 예진은 수현이 좋을 때도 있지만, 어떨 때는 엄마를 빼앗아가는 것은 아닐까 하는 불안감도 없잖아 있었다.

그런데 이제는 아무래도 좋다는 생각을 하는 예진이다.

삼촌과 함께하는 날이면 엄마가 얼마나 기분이 좋은지 잘 알고, 또 삼촌이 자신과 동생 소진을 얼마나 잘 챙겨주는지 느끼게 됐기 때문이다.

어떤 때는 이젠 자신과 동생을 찾아오지도 않는 아빠보다 수현 삼촌이 아빠였으면 하는 때도 있었다.

오늘처럼 맛있는 것을 해주거나 동생과 자신에게 선물을 줄 때면 더욱 그러했다.

"정말 스테이크 전문점을 해도 되겠다."

홀린 듯이 스테이크를 계속 잘라 입에 넣던 이소진이 감탄을 내놓았다.

"맞아. 삼촌, 이거 가게 하면 내가 매일 가서 팔아줄게!"

이소진의 말이 끝나기 무섭게 성예진도 수현에게 자신의 감상을 전했다.

그런 성예진의 말에 수현은 그저 아무런 말 없이 웃어주었다.

"그래, 말 나온 김에 수현아! 스테이크 가게 하나 차려라!"

자신의 몫이었던 2kg 가까운 커다란 스테이크를 모두 처리한 이소진은 티슈로 입가를 닦으며 말했다.

"그래, 수현아! 언제까지 아이돌을 할 것도 아니잖아?"

예진에 이어 이소진, 그리고 그동안 수현이 만든 스테이크를 조용히 음미하던 최유진까지 한마디 하였다.

"이거 너무 갑작스럽네요."

수현은 순간 당황했다.

처음에는 그저 음식 맛이 괜찮아 칭찬을 한다고만 생각을 했다.

그런데 어느 순간 창업에 관한 이야기로 발전이 되자 당황한 것이다.

요리 재능을 마스터 레벨까지 올렸고 또 관련 카테고리로 한식은 물론이고, 중식과 일식, 그리고 양식까지 포인트를 사용해 중급으로 레벨을 올려둔 상태다.

하지만 수현이 직접적으로 할 수 있는 요리는 얼마 되지 않았다.

재능이야 포인트로 레벨을 올려두었다지만 알고 있는 레시피가 얼마 없는 것이다.

그 때문에 주변에서 음식 맛에 대해 칭찬하며 창업을 하라고 해도 망설여졌다.

"제가 정식으로 요리를 배운 것도 아니고, 또 알고 있는 레시피도 몇 개 되지 않아요."

그 와중에도 수현은 잘 먹고 있는 성소진에게 스테이크 조각을 잘라 주며 일단 그녀들의 제안을 사양했다.

하지만 한 번 얘기가 시작되자, 봇물 터지듯 말이 쏟아져 나오며 즐거운 저녁 식사 시간이 어느 순간 수현의 창업에 관한 진지한 토론의 장으로 바뀌었다.

연예인이란 직업이 겉으로는 화려하지만 깊게 따져 보면 무척이나 불안정한 직업이다.

막말로 비정규직이나 마찬가지다.

더욱이 인기가 있는 스타라면 큰돈을 벌어들이지만 그렇지 못한 대다수의 연예인들은 박봉에 허덕인다.

즉 도박처럼 일부의 유명 스타가 돈을 거의 독식하다시피 벌어들인다고 보면 된다.

인기에 따라 연예인도 빈익빈 부익부가 나뉘는 것이다.

더욱이 인기를 얻었다고 해도, 그 인기가 천년만년 영원한 것은 아니다.

화무십일홍이라고 했다. 꽃은 열흘 붉은 꽃이 없고 같은 의미에서 권불십년이라 했다.

영원할 것 같은 권력도 계속되지 않는다는 의미다.

시간 앞에 모든 것이 영원하지 않기에 스타들의 인기 또한 언젠가는 내리막을 걷게 된다.

실제로 아시아의 여왕이니 한류여신이라 불리던 최유진의 인기도 현재는 예전만 못했다.

작년 성정국과 한 이혼을 기점으로 그녀의 인기도 사실상 내리막을 걷고 있었다.

물론 썩어도 준치라고 예전의 명성이 있기에 아직도 그녀는 국내 톱스타의 자리에 머물러 있었다.

그래도 전성기와 비교하면 빛이 바랜 것 또한 사실이다.

그러니 연예인에게는 본업인 연예인 말고 또 다른 자금줄이 필요했다.

예전에는 그런 것도 모르고 인기가 계속될 줄 알고 스타들이 벌어들이는 족족 허비를 하였다.

그 때문에 왕년의 스타들이 노년에 경제적인 이유로 불우한 말년을 보낸다는 뉴스가 종종 흘러나오는 것이다.

그러다 언젠가부터 연예인들 중 주식이나 식당 창업 등 자산 관리에 신경을 쓰는 스타들이 등장을 하였다.

한두 명이 하는 것이면 별로 놀랄 것도 없겠지만, 시대가 변하면서 자신의 인생을 설계하는 똑똑한 스타들도 생겨났다.

처음에는 그저 연기가 좋아서 또는 화려한 연예인의 삶이 좋아 연예계로 빠져들었으나, 이제는 연예인을 또 다른 직업으로 인식하고 연예계로 뛰어드는 사람들이 늘어나면서 행복한 노후를 즐기기 위해, 또는 나이가 든 뒤에도 자신이 원하는 인생을 살기 위해 자산 관리를 하기 시작했다.

물론 모든 스타들이 그런 것도 아니고 또 안정적인 투자에 성공하는 것도 아니다.

다만 스타라는 네임벨류로 인해 실패보단 성공 가능성이

높아졌다.

최유진 또한 연예계에 데뷔를 하면서 승승장구를 해온 몇 되지 않는 스타다.

더욱이 아시아의 여왕이란 별명을 가질 정도로 인기도 많았기에 그동안 벌어들인 자산 또한 엄청났다.

그것을 재투자하여 성공을 한 적도 있고 실패를 한 적도 있지만 대체로 성공하여 당장 연예계 은퇴를 하더라도 충분히 지금의 삶을 영위할 수 있을 정도의 재산은 가지고 있었다.

최유진을 옆에서 지켜보았기에 이소진도 연예인 매니저 치고는 상당한 자산을 모아두었다.

그러니 수현에게 이러한 언급을 하는 것이기도 했다.

현재 수현은 예전 최유진이 데뷔하던 때 이상으로 성공 가도를 달리고 있었다.

그도 그럴 것이, 아시아에서는 할리우드 톱스타 못지않은 인지도를 가지고 있는 최유진이 데뷔 초부터 서포트를 해주었다.

수현의 연예계 데뷔는 시작부터 다른 이들과 그 크기가 달랐다.

'금귤이 한 번 구르는 것보다 수박이 한 번 구르는 것이 더 낫다' 라는 말을 증명하듯 그의 성공은 다른 누구보다 빠르게 다가왔고, 또 그 인기는 국내 한정이 아닌 아시아 전

역에 이르기까지 널리 퍼졌다.

그러니 혹시나 인기에 취해 일명 연예인병에 걸리지 않을까 걱정을 하지 않을 수 없었다.

하지만 그동안 지켜본 수현은 절대 인기에 취해 연예인병에 걸릴 사람이 아니었다.

그렇기에 안심하고 이런 조언을 하는 것이다.

연예인병에 걸린 일부 스타들은 주변의 조언을 등한시하고 그것을 참견이라 생각한다.

그러면서 자신을 도와준 친한 사람들보단 자신의 앞에서 듣기 좋은 아첨을 하는 이들을 더 가까이 둔다.

그렇게 아첨과 아부를 하는 이들과 어울리고 자신에게 좋은 쓴소리를 하는 이들을 멀리하다 결국 인기가 떨어진 뒤에야 뒤늦게 후회를 하는 것이다.

그렇지만 수현은 처음부터 연예인을 하려고 연예계에 들어온 사람이 아니었다.

게다가 개인적인 경험으로 인해 연예인에 대한 인식이 별로 좋지 못했다.

수현이 군대에 입대하자 얼마 되지 않아 연예인이 되기 위해 이별 통보를 했던 안선혜다.

또한 이별 뒤 몇 번 보지도 못했던 안선혜는 수현을 상대로 범죄를 모의했다.

물론 수현의 능력을 제대로 파악하지 못해서 미수로 그쳤지만 그 일로 수현은 연예계에 대해 더욱 인상이 좋지 않았다.

그러다 최유진의 경호원 의뢰를 받게 되었다.

동경해 왔던 스타 최유진이 연예계의 더러운 술수에 노출이 되어 보호가 필요한 상황이자, 수현은 그녀를 지키기 위해 경호원이 되었다.

경호원 일을 하면서 수현은 연예계의 더러운 일면을 그대로 목격하고 또 겪었다.

직접 보고 겪은 연예계는 수현의 생각대로 절대 뛰어들 만한 곳이 못 되었다.

그러나 최유진을 구하고, 우연한 기회에 모델이 되면서 그토록 싫어하던 연예계에 들어오게 되었다.

끼가 있다며 추천하는 주변 사람들의 권유가 생각 때문이었다.

그러니 수현은 그 출발부터 달랐다.

연예계의 화려함에 취하거나 유명해지고 싶어 날아든 불나방과 같은 여타 연예인 지망생과 다른 시각으로 연예인이 된 수현이기에 인기를 얻고 있는 지금도 전혀 연예인병에 걸릴 위험이 없었다.

이는 톱스타의 전담 매니저로 오랜 기간 연예계에 몸담은 이소진이 장담할 수 있었다.

그러니 수현에게 또 다른 자질이 보이자 음식점 창업에

대한 이야기를 꺼낸 것이다.

더욱이 직접 수현이 한 요리를 먹어본 바, 분명 성공을 할 수 있다고 확신이 들었다.

창업 자금이 부족하면 투자를 할 의향까지도 있었다.

아니, 마음 같아서는 투자를 해서라도 수현이 창업하도록 돕고 싶은 게 이소진의 진심이었다.

*　　　*　　　*

덜컹!

문이 열리고 일단의 사람들이 집 밖으로 나왔다.

"오늘 즐거웠어요."

수현이 숙소로 돌아가기 위해 나서자 최유진을 비롯한 다른 사람들이 배웅하기 위해 함께 나온 것이다.

"오늘 네가 해준 저녁은 정말로 맛있었다."

"삼촌, 오늘 저녁 정말, 정말 맛있었어요."

"응, 마있떴떠! 땀똔! 담에도 고기 또 해조!"

최유진에 이어 그녀의 딸들도 다음에 또 해달라며 그가 구워준 스테이크가 맛있었음을 전했다.

"하하. 그래, 다음에 또 시간 나면 해줄게!"

"야! 신난다. 삼촌, 약속!"

"약똑!"

다음에도 해주겠다는 수현의 말에 성예진이 새끼손가락을 내밀자 둘째인 성소진이 따라서 새끼손가락을 내밀었다.

그런 두 자매의 모습에 수현은 빙그레 미소를 지으며 새끼손가락을 걸고 약속했다.

이런 수현과 두 딸들의 모습을 본 최유진도 미소를 지으며 인사말을 건넸다.

"오늘 정말로 고마웠고, 내 말 허투루 듣지 말고 잘 생각해 봐! 너 정말 재능 있다."

"알았어요. 생각 좀 해볼게요."

최유진이 다시 한 번 가게 창업에 대한 이야기를 꺼내자 수현은 한발 물러나 생각을 해보겠다는 답을 하였다.

"그럼 이만 가볼게요. 그만 들어가세요."

자꾸만 길어지는 배웅에 수현은 그렇게 마지막 인사를 하고 자신의 차가 있는 주차장으로 향했다.

그런데 주차장으로 가는 수현의 손에는 조금 큰 종이 백이 들려 있었다.

그것은 저녁때 준비한 스테이크 중 남은 것들이었다.

수현은 저녁 준비를 하기 위해 마트에 들렀을 때 최유진의 가족들 몫 외에도 상당히 많은 양의 고기를 준비했다.

숙소에 있을 로열 가드 멤버들 몫을 챙기기 위해서였다.

함께 동고동락하는 동생들에 대한 배려 차원에서 준비한 것이다.

아침에 숙소를 나서기 전 도대체 어느 정도이기에 수현이 그룹 탈퇴한다는 루머와 연예계 은퇴란 말이 나오게 되었는지 궁금하다는 동생들의 반응을 보았던 터다.

자신들도 한번 먹어보고 싶다는 멤버들의 말을 흘려듣지 않은 수현은, 뜻하지 않게 저녁을 준비하게 되자 멤버들 몫의 고기를 더 준비한 것이다.

텅!

주차장에 도착해 차 트렁크에 가져온 백을 넣고 닫았다.

그리고 주저 없이 자신의 애마를 운전해 주차장을 빠져나왔다.

멤버들에게 요리 해줄 생각에 빠진 수현은 그곳을 나서는 자신의 모습을 지켜보는 눈이 있음을 미처 알지 못했다.

*　　　*　　　*

조지훈은 아침부터 쪼아댄 상사 때문에 기분이 좋지 못했다.

그의 직업은 기자다. 다만 남들이 인정해 주는 그런 신문사 기자가 아니라, 디스팩트라는 인터넷 신문사 소속이었다.

사실 디스팩트는 정상적인 인터넷 신문사가 아니다.

남들의 흥미를 끌 만한 가십거리를 찾아다니는 일명 찌라

시라 불리는 가십 기사 전문이었다.

연예인의 가십을 전문으로 하다 보니 운영이 정상적으로 될 리가 없었다.

그 때문에 때로는 과도한 취재와 함정 취재로 구설수에 오를 때도 있고, 또 어떤 때는 스캔들이 아님에도 사진을 조작해 스캔들을 조장하기도 했다.

하지만 사고가 터져도 피해자들은 디스팩트를 공격하지 못했다.

그도 그럴 것이, 초창기 기사를 잘못 써서 소송을 많이 당하다 보니 이제는 어떻게 써야 법원에서 무죄 판결을 하는지 요령을 알게 된 것이다.

내용에서 문제가 될 법한 단어들은 쏙쏙 빼면서 교묘하게 읽는 독자가 오해하도록 유도하는 식으로 기사를 써내는 방식이었다.

그 뒤 문제가 발생하면 연예인의 스캔들이나 가십을 찾는 독자들이 스스로 오해한 것이니 자신들 잘못은 아니라는 주장을 내세웠다.

한두 번이 아니다 보니 피해자들은 억울하지만 본인들이 약점을 들키지 않기 위해 더욱 조심하는 것 말고는 방법이 없었다.

그렇게 피해자들만 하나둘 늘어가는 가운데, 현재 디스팩트의 먹잇감은 작년 이혼 말고는 크게 스캔들이 없는 최유진이었다.

아시아의 여왕이라 불리기는 하지만 요즘 그녀의 인기는 점점 하향세다.

예전 같으면 아무리 디스팩트라 해도 그녀에 대한 가십을 다룰 만큼 간이 크지 않았다.

하지만 전성기가 지나고 이제는 점점 하향세로 돌아선 그녀의 인지도는 디스팩트를 간이 붓게 만들었다.

아니, 톱스타인 만큼 그녀에 대한 스캔들이라면 큰돈이 된다는 생각에 정신을 놓게 만든 것이라 할 수 있었다.

하지만 한 달을 쫓아다녀도 최유진에게서는 어떤 것도 찾아낼 수가 없었다.

최유진은 어디를 가든 그녀의 전담 매니저인 이소진과 함께 동행을 했다.

더군다나 밤늦은 시간에 행해지는 스케줄은 일절 하지 않았다.

악명 높은 디스팩트로서도 뭔가 작품을 만들어내려면 틈이 있어야 하는데, 그런 틈을 전혀 찾을 수가 없었다.

그 때문에 조지훈은 오늘 편집장에게 엄청 깨졌다.

출장비는 쥐꼬리밖에 주지 않으면서 최유진의 스캔들 사진을 가져오라고만 하면 어디 그게 말처럼 쉽게 뚝딱 나오는가 말이다.

그 때문에 조지훈은 아침부터 기분이 좋지 못했다.

그러다 아주 우연히 최유진이 남자를 만나는 모습을 포착했다.

상대는 최유진이 방송에서 후견인이라 말할 정도로 널리 알려진 로열 가드의 리더 정수현이었다.

이미 많은 사람들이 알고 있는 두 사람의 관계이다 보니 그게 뉴스거리가 될 수는 없다.

하지만 아침에 편집장에게 깨진 조지훈의 머릿속에는 그런 것은 들어오지 않았다.

"조작해서라도 가져와!"

아침에 사무실을 나올 때 들었던 편집장의 고함 소리가 이미 그의 머릿속에 들어찬 탓이었다.

찰칵! 찰칵!

Chapter 8

김정만의 정글 라이프 촬영

덜컹!

최유진은 수현을 배웅하고 집 안으로 들어오자 왠지 가슴이 휑한 느낌을 받았다.

분명 사랑하는 두 딸들이 있고, 또 언제나 자신을 위해 온갖 궂은일을 마다하지 않는 친동기 같은 매니저인 이소진이 함께 있음에도 수현이 돌아간 빈자리가 크게 느껴졌다.

"땀뜬이랑 더 놀고 시펐눈데……."

허전한 마음에 잠시 멍하니 생각에 잠겨 있는데, 느닷없는 둘째 딸 소진의 말소리가 들렸다.

"응? 우리 소진이 삼촌이 간 게 아쉬워?"

"응! 땀뚠이가 정말정말 오랜만에 소진이 보러 온 건데, 소진이 땀뚠이랑 못 놀았어!"

성소진은 여섯 살임에도 살짝 혀 짧은 발음으로 오랜만에 본 수현이 자신과 놀아주지 않은 것에 대해 실망감을 토로하고 있었다.

"그래? 엄마도 삼촌이 가서 소진이처럼 섭섭하네!"

최유진은 둘째 딸의 앙증맞은 불만에 농담 반, 진담 반을 섞어 이야기하였다.

그런 최유진의 모습을 지켜보고 있던 첫째 딸 예진이 조용히 그녀의 곁에 다가와 귓속말을 하였다.

"엄마! 수현 삼촌 좋아하지?"

"응?"

최유진은 처음에는 그게 무슨 뜻인지 인지하지 못했다.

조금 전까지 돌아간 수현에 대한 아쉬운 생각에 잠겨 있었기에 갑작스러운 첫째 딸의 물음을 제대로 알아듣지 못한 것이다.

"수현 삼촌이라면 뭐 괜찮아!"

그러거나 말거나 자신의 할 말만 하고는 살그머니 자신의 방으로 돌아가는 성예진이었다.

'수현 삼촌이라면 뭐 괜찮아! 수현 삼촌이라면 뭐 괜찮아! 괜찮아! 괜찮아…….'

첫째 딸의 말이 최유진의 머릿속에서 도돌이표마냥 계속

해서 메아리쳤다.

확!

순간적으로 최유진은 예진이 하고 간 말의 뜻을 깨닫고 자신도 모르게 얼굴이 후끈 달아올랐다.

하지만 그것도 잠시, 딸이 눈치챌 정도로 자신의 행동이 허술했다는 것을 깨달은 최유진은 붉어졌던 것보다 더 빠르게 얼굴이 창백하게 변했다.

처음 첫째 딸의 말뜻을 깨달았을 때는 너무도 고마웠다.

그렇지만 곧 자신의 현실을 깨닫고 씁쓸한 기분이 들었다.

아무리 자신이 톱스타라 하지만 수현을 대상으로 비교를 하면 자신에게는 너무도 많은 흠이 있었다.

우선 나이가 그렇고, 다음으로는 이미 한 번 결혼을 한 전력이 있다.

더욱이 자신에게는 자식도 두 명이나 있었다.

그에 반해 수현은 현재 아주 잘나가는 아이돌 그룹의 리더이고 또 드라마에 조연으로 출연을 한 덕분에 인기가 한층 올라가고 있다.

뿐만 아니다. 국내뿐만 아니라 해외에서도 수현의 인기는 장난이 아니다.

특히 격투기 시합에서 한국인들을 비하하던 일본의 격투기 선수로부터 KO승을 거두면서 그녀 못지않은 인지도를 가지게 되었다.

비록 이벤트 경기였다지만 승리는 승리인 것이다.

그 때문에 10대 소녀 팬들은 물론이고, 20, 30대 미혼 여성, 성공한 골드 미스들까지 수현앓이를 할 정도였다.

이는 최유진 주변에서도 실감할 수 있었는데, 수현에 관해 그녀에게 물어오는 여배우들 수가 상당했다.

최유진은 그럴 때마다 미묘한 기분에 휩싸이곤 했다.

자신의 도움으로 성공한 후배이면서 또 비밀 애인과 같은 존재가 수현이다.

막말로 현재 수현과 자신의 관계를 누군가에게 들켜 까발려진다면 아마 자신은 매장당할 것이 분명했다.

그래서 지금까지 아무도 모르게 숨겨왔는데, 그런 것을 다른 사람도 아니고 자신의 딸에게 들켰다는 생각이 들자 불안해진 것이다.

"언니! 언니!"

충격적인 말에 멍하니 있던 최유진의 귓가에 이소진의 목소리가 들렸다.

"으응?"

멍한 표정으로 그녀는 자신을 부르는 매니저 이소진을 돌아보았다.

"예진이가 무슨 말을 했기에 못 볼 것이라도 본 것 같은 표정이야?"

이소진은 언제 잠이 들었는지 눈 감은 성소진을 품에 안고 최유진을 보며 물었다.

“일단 소진이가 잠이 들었으니 방에 눕히고 나랑 얘기 좀 해!”

최유진의 표정이 심상치가 않자 이소진은 얼른 품에 안은 성예진을 안방 침대에 눕혀 놓고 나왔다.

이소진이 거실로 나올 때까지도 최유진은 소파에 앉은 채로 어딘지 모를 곳에 시선을 멍하니 두고 있었다.

거기다 조금 전까지만 해도 평소보다 밝은 표정이었던 최유진의 안색이 창백하기까지 해 뭔가 충격받을 일이라도 있었던 게 아닌가 너무 걱정이 되었다.

“무슨 문제 있는 거야?”

“그게…….”

최유진은 조금 전 첫째 딸인 성예진이 자신의 귓가에 하고 간 귓속말을 전해주었다.

그런 최유진의 이야기를 들은 이소진도 깜짝 놀랐다.

그녀도 최유진과 정수현과의 관계를 누가 알지 못하게 철저하게 보안을 지키고 있었는데, 설마 다른 사람도 아니고 최유진의 딸이 그것을 눈치채고 있었다니.

그 때문에 두 사람은 성예진이 하고 간 말의 진의를 파악하기 위해 밤늦도록 토론을 벌여야만 했다.

*　　*　　*

끼이익!

커다란 밴이 공항 출입구에 정차를 하였다.

그리고 밴 안에서 누군가 내리자 주변에 포진해 있던 기자들은 물론이고, 카메라를 들고 있던 팬들이 일제히 환호를 하며 자신들이 들고 있는 카메라로 밴에서 내리는 스타를 찍기 시작했다.

와아!

찰칵! 찰칵!

"안녕하세요."

벤에서 내린 수현은 가방을 메고 또 한 손에는 캐리어를 끌고 자신을 찍고 있는 기자들과 팬들에게 꾸뻑 인사를 하며 빠른 걸음으로 공항 앞 횡단보도를 건넜다.

'어디에 있나?'

공항 안으로 들어선 수현은 내부를 살폈다.

수현이 오늘 이곳 인천 공항을 찾은 이유는 예능 프로그램에 참여하기 위해서였다.

세 개나 되는 공중파 방송국에는 스타라면 한 번쯤은 출연해야 하는 관문과도 같은 프로그램이 꼭 하나씩은 있었다.

문화 TV의 무모한 도전이나 KTV의 즐거운 일요일,

STV의 런인맨과 같은 프로그램이 바로 그것이다.

그런데 STV에는 런인맨 말고도 또 다른 간판 예능이 있었는데, 그것은 바로 김정만의 정글 라이프다.

다른 예능들이 토요일이나 일요일에 편성된 것에 반해 금요일 저녁에 편성된 이 예능 프로그램은 주중 예능 중 감히 비교 불가인 최고의 예능이었다.

게다가 개그맨 김정만의 이름을 걸고 하는 이 예능은 나왔다 하면 매력 재발견으로 인지도가 상승하기 때문에 국민들에게 스타나 스타가 되고 싶어 하는 예비 스타들이라면 꼭 참여해야 하는 프로라는 인식이 강했다.

그 때문에 이 프로그램에 출연하고 싶어 하는 연예인들도 많았는데, 솔직히 기획사 입장에서는 참으로 계륵과 같은 프로가 바로 김정만의 정글 라이프였다.

제목에서도 알 수 있듯 김정만의 정글 라이프는 결코 만만한 프로가 아니다.

개그맨 김정만의 이름을 걸고 하는 이 예능은 촬영 기간도 길고 또 촬영 장소도 정글이라는 특성상 아름다운 모습, 멋진 모습만 보여야 하는 연예인에게 결코 친절하지 않은 환경이다.

더욱이 다른 예능과의 차별성을 위해 서바이벌이라는 주제를 가지고 최소한의 도구만, 또는 주어지는 미션에 따라 아무런 도구도 없이 생존해야만 한다.

그뿐만이 아니라, 무인도에서 생존하는 모습이 리얼하게 카메라에 그대로 담긴다.

그러니 소속 연예인이 최상의 상태를 유지하는 데 주력하는 기획사 입장에서는 그런 예능에 자사의 연예인을 출연시키는 것을 꺼려할 수밖에 없었다.

그럼에도 김정만의 정글 라이프는 너무도 인기 있는 프로그램이라 국민 예능으로 자리를 잡은 지 오래다.

더욱이 뻔히 고생할 줄 알면서도 너무도 리얼한 모습에 매력을 느껴 출연하고자 하는 스타들도 많았다.

수현도 바로 그런 연예인 중 한 명이었다.

처음 STV 예능국에서 섭외 전화가 왔을 때, 킹덤 엔터에서는 수현의 섭외를 거절했다.

로열 가드의 리더 수현 정도면 굳이 그런 예능에 나가지 않아도 이미 인지도나 인기는 충분했다.

그 시간에 차라리 해외 스케줄을 소화하는 것이 회사 입장에서 훨씬 이득이었다.

그런데 어떻게 알게 된 것인지 수현이 회사에 직접 김정만의 정글 라이프에 출연하겠다고 의사를 전해온 것이다.

어차피 11월에 드라마 들어가기 전까지는 로열 가드의 활동이나 수현의 활동이 붕 뜬 상태였다.

본래 일본 활동이 잡혀 있었지만 무슨 이유에서인지 취소가 되었다.

내부적으로는 8월에 있었던 켄고 무사시와의 Kick—1 이벤트 경기의 결과 때문이 아닌가 짐작하지만 공식적으로는 확인되는 바가 없었다.

그 덕분에 10월 달의 스케줄이 통으로 날아가는 바람에 할 일이 없었다.

한창 바쁘게 스케줄을 소화하다가 갑자기 한 달이라는 공백이 발생하자 로열 가드의 다른 멤버들은 좋아했지만 수현은 아니었다.

짧은 휴가 기간 동안 개인적으로 자주 찾아뵙지 못했던 부모님도 찾아뵈었고, 못 만나보았던 친구들도 만났다.

더는 따로 하고 싶은 일이 없었기에 갑자기 스케줄이 빠진 한 달이나 되는 기간은 수현에게 너무도 지루한 시간이었다.

그래서였다.

때마침 이번 촬영은 김정만의 정글 라이프 5주년 특집인데다 프로그램의 주인인 김정만이 직접 전화까지 해서 섭외를 해와 수현도 흔쾌히 응한 것이다.

"수현아! 여기!"

김정만의 정글 라이프 출연진이 모인 곳을 찾던 수현의 귀에 그를 부르는 소리가 들렸다.

고개를 돌려 보니 공항 로비 한쪽에 많은 사람들이 모여 있었다.

그 구석에 간이 촬영세트가 꾸려져 있고, 카메라 앞에 옹기종기 모여 있는 사람들의 모습이 그의 시야에 들어왔다.

"족장님, 안녕하세요."

수현은 자신을 부른 김정만에게 다가가 인사를 하였다.

이곳에 도착하면서 벌써 김정만의 정글 라이프 촬영이 시작된 것을 알기에 수현은 김정만에게 족장님이라 칭하며 인사를 하였다.

사실 수현은 김정만의 정글 라이프 애청자다.

1화부터 오늘 이전까지 방영된 프로그램은 빠짐없이 다 보았다.

"어서 와!"

"안녕하세요."

"수현아! 오랜만이다."

먼저 도착한 이들이 수현을 보며 인사를 하였다.

"미키 형! 오랜만이에요."

먼저 도착한 이들 중에는 수현과 함께 예능 프로에 참여했던 미키 김도 있었다.

미키 김은 처음 김정만의 정글 라이프가 특집 프로그램으로 편성이 되었을 때 참여를 했던 출연자다.

그 전에는 드라마의 단역으로 출연하던 혼혈 배우라는 이미지였는데, 이 프로그램을 찍고 나서는 일약 스타가 되었다.

그 후 KTV '도전! 드림팀'에 출연하면서 대단한 활약을 보이며 레전드라는 별명도 얻었다.

그 때문에 5주년 특집을 찍게 되자 출연을 한 것이다.

"김정만 족장님, 그리고 미키 김 씨, 유우진 씨, 노담 씨, 최광희 씨, 수현 씨, 마지막으로 전혜진 씨. 이렇게 일곱 분은 김정만의 정글 라이프 5주년 특집 촬영에 들어갑니다."

김정만의 정글 라이프 메인 PD인 민주홍이 출연진을 보며 본격적인 출정 선언을 하였다.

촬영이야 출연진들이 공항에 도착하는 순간부터 시작이 되었지만 공식적으로는 지금이 시작인 셈이다.

"바로 티켓팅을 할 것이니 여권과 비행기 티켓 잃어버리지 마시고 준비해 주시기 바랍니다."

메인 PD의 선언에 출연자들은 긴장과 흥분된 표정으로 자신의 짐을 챙겨 이동을 하였다.

* * *

김정만의 정글 라이프 5주년 특집의 촬영 장소는 필리핀의 여러 섬들 중 하나였다.

수현을 포함한 촬영 팀이 도착한 곳은 수도 마닐라에서 비행기를 갈아타고 푸에르토 프린세사로 간 다음 다시 배를 타고 열 시간여를 더 이동하여 아구타야라는 섬 인근의 무인도다.

그런데 팔라완의 10월은 우기에 해당하기에 도착하는 내내 비가 내려 촬영 팀을 힘들게 하였다.

"하, 여기도 비가 오네!"

비를 맞으며 열 시간을 배를 타고 이동했는데, 중간에 비가 그쳤다가 도착하기 30분 전부터 다시 비가 내렸다.

그 때문에 출연자들의 표정이 좋지 못했다.

더욱이 멤버 중 홍일점인 전혜진은 예전 마다가스카르 촬영 이후 정글 여전사라는 별명을 얻을 정도로 강인한 모습을 보여 국민들의 투표로 이번 최강 종족이라는 타이틀에 여성 출연자로 선정이 되었는데, 장시간 비를 맞다 보니 몸 상태가 좋지 못했다.

"PD님! 혜진이 좀 어때요?"

촬영장에 도착하고 전혜진이 의료팀에게 치료를 받으러 간 뒤 민주홍 PD 혼자 돌아오자 김정만이 물었다.

"장시간 비에 노출되다 보니 감기 기운이 있는데, 오늘 저녁까지 상태 보고 괜찮아지면 내일 촬영에 합류할 것입니다."

민주홍 PD는 촬영지에 도착하자마자 출연진 속에 환자가 나오자 표정이 좋지 못했다.

그리고 그건 출연진들도 마찬가지였다.

특히나 자신의 이름을 걸고 프로그램을 진행하는 김정만의 경우에는 더욱 그러하였다.

"일단 다른 사람들도 혹시 모르니 젖은 옷부터 갈아입고 촬영 들어가자고."

전혜진의 예가 있으니 비록 남은 멤버들이 남자들이라고는 하지만 열 시간 가까이 배를 타고 오면서 비를 맞았기에 혹시 모르는 일이라 민주홍 PD는 젖은 옷을 갈아입고 촬영을 재개하는 걸 권했다.

김정만은 잠시 비가 내리는 하늘을 쳐다보았다.

"어차피 계속 비가 오는데 굳이 그럴 필요 있습니까?"

먹구름이 잔뜩 낀 상태의 하늘을 보며 단시간에 그칠 비가 이님을 짐작하고 그렇게 말을 한 것이다.

"음, 그도 그렇긴 한데……."

"일단 비를 피해야 하니 집부터 빠르게 짓죠?"

수현은 조용히 민주홍 PD와 김정만의 대화를 듣고 있다 얼른 자신의 생각을 전달했다.

수현이 보기에도 쉽게 그칠 비가 아니었다.

비록 팔라완이 우기 막바지라고는 하지만 필리핀 동쪽에 태풍이 발생했다는 뉴스도 비행기를 타고 오면서 들었기에 그렇게 말을 한 것이다.

"다른 사람들 의견도 그렇다면……. 그럼 바로 촬영 들어가겠습니다. 인정아! 촬영 준비해라!"

이야기를 마친 민주홍 PD는 조연출인 김인정을 불러 촬영 준비를 시켰다.

민주홍 PD가 그렇게 촬영 준비를 하는 동안 김정만은 야자수 아래에서 비를 피하고 있는 다른 멤버들에게 다가가 자신의 계획을 이야기하였다.

“잠시 모여봐!”

이번 김정만의 정글 라이프 출연진들이 모두 자신보다 나이도 어리고 또 수현을 빼고는 여러 차례 함께 촬영을 했기에 김정만은 편하게 이야기를 하였다.

“일단 혜진이는 감기 기운 때문에 내일까지는 경과를 지켜봐야 한다고 하니 놔두고, 일단 우리는 비가 와서 좀 힘들기는 하겠지만 비를 피할 집부터 짓기로 하자!”

“네!”

“예!”

김정만의 지시가 떨어지자 출연진은 바로 대답을 하고 일사불란하게 움직였다.

“일단 미키하고 수현이는 기둥이 될 만한 나무들을 좀 해와라!”

멤버들 중 덩치가 있는 편인 미키 김과 수현에게 그렇게 지시를 내린 김정만은 유우진과 노담, 그리고 최광희에게는 비를 가릴 나뭇잎을 가져오란 말을 하였다.

역할 분담이 되자 이들은 각자 자신이 해야 할 일을 숙지

하고 움직였다.

“수현이는 일단 처음이니 미키가 하는 것 잘 보고, 또 정글에서 칼 쓰는 것 조심해라!”

김정만은 비 오는 가운데 우의를 입고 칼을 들고 정글에서 작업하는 것이 얼마나 힘들고 위험한지 잘 알기에 일을 시작하기 전 수현에게 주의를 주었다.

“네, 알겠습니다. 조심하겠습니다.”

수현은 김정만의 이야기를 듣고 얼른 대답하였다.

그가 무엇 때문에 자신에게 그런 이야기를 하는지 잘 알기 때문이다.

“수현아! 적당한 굵기의 나무를 보면 이렇게 자르면 되다.”

탱! 탱!

미키 김은 수현과 함께 이동을 하다 손목 굵기의 나무가 보이자 아래 부분을 45도 각도로 내리쳤다.

더운 지역의 나무라 그런지 몇 번 내리치지 않았는데도 정글도에 쉽게 잘렸다.

그것을 본 수현도 주변을 둘러보다 적당한 나무가 보이자 나무를 자르기 시작했다.

한편, 멤버들이 집 짓는 재료를 구하기 위해 정글로 들어간 사이, 김정만은 집을 지을 적당한 터를 물색했다.

비도 오고 또 필리핀이 현재 태풍의 영향권에 있기에 해

안가와 가까운 곳에 집을 짓게 되면 자칫 침수의 우려가 있었다.

안전하면서도 쾌적한 환경을 찾아 보다 안쪽에서 집을 짓기 좋은 지형을 찾아야 했다.

더욱이 이 프로그램은 절대 먹을 것을 주지 않기에 출연자들이 식사를 위해선 직접 사냥을 해야만 한다.

그러니 집터의 위치가 사냥터와 가까운 것에 있어야 출연진들에게 편했다.

이런 까다로운 조건들을 모두 충족시키기 위해선 바삐 움직여야만 했다.

"음, 이곳은 좋은데, 좀 좁네! 일단 킵!"

집을 지을 집터를 찾다 적당한 장소가 보이면 조건을 까다롭게 살폈다.

그러다 몇몇 조건이 맞지 않으면 일단 킵을 해놓았다.

그렇게 주변을 둘러보던 중 김정만은 지금까지 돌아본 지역 중 가장 좋은 조건의 장소를 찾아냈다.

다만 몇 년 전 동남아에 밀어닥친 쓰나미의 잔재인 듯 사방에 쓰레기가 널려 있어 집을 짓기 위해선 청소를 해야만 했다.

"이거 혼자서는 힘들겠고, 광희라도 불러야겠다."

쓰레기만 치우면 적당한 넓이에 평평한 땅, 거기에 주변으로 높은 야자나무들이 있어 바람도 적당히 막아주는 집을 짓기에는 아주 적합한 장소였다.

"광희야! 광희야!"

김정만은 처음 출발지로 돌아가며 큰 소리로 최광희를 불렀다.

"네!"

한창 노담, 유우진과 함께 지붕과 벽을 만들 야자 잎을 따고 있던 최광희는 김정만의 부름에 대답하며 그에게로 달려갔다.

"부르셨어요?"

"그래. 너는 잠시 나랑 집터 좀 청소를 하자!"

"청소요?"

"그래. 아주 적당한 장소를 봤는데, 집을 짓기 전에 일단 청소를 해야겠더라!"

"알겠습니다."

그렇게 김정만과 최광희는 집터를 청소하기 위해 움직였다.

그리고 그런 모습은 카메라를 든 VJ를 통해 고스란히 담겼다.

*　　　*　　　*

쏴아!

기둥을 세우는 데 쓰일 나무를 하던 중 수현은 하늘을 올려다보았다.

정말이지 하루 종일 지겹도록 비가 오고 있었다.

남들과 다른, 아니, 월등한 신체를 가지고 있는 수현도 이젠 질릴 정도였다.

그러니 다른 멤버들은 오죽하겠는가.

수현은 잠시 하던 일을 멈추고 주변을 둘러보았다.

한쪽에서 VJ가 자신과 미키 김이 나무하는 모습을 찍고 있었다.

그리고 나무를 하는 자신들과 조금 떨어진 곳에서 노담과 유우진이 힘겹게 지붕과 비와 바람을 막아줄 벽을 세울 야자 잎을 잘라 한쪽에 쌓고 있다.

'뭔가 조치가 필요할 것 같은데!'

보기에도 김정만의 정글 라이프 출연자들의 모습이 상당히 지쳐 보였다.

이대로 방치를 했다가는 사달이 일어날 수도 있다는 판단이 들었다.

더욱이 아침에 푸에르토 프린세사에 도착한 뒤 바로 열 시간을 배 타고 이동해 오다 보니 아침도 먹지 못했다.

수현은 잠시 미키 김과 자신이 해놓은 나무들을 살폈다.

'음, 이 정도면 기둥과 지붕의 뼈대를 세울 수 있겠다.'

쌓아놓은 나무들을 살펴본 수현은 이제 미키 김 혼자 해도 될 정도로 나무가 쌓여 있자 자신은 집이 만들어지고 나서 멤버들이 먹을 음식을 찾아봐야겠다는 생각을 하였다.

"미키 형!"

"응? 왜?"

미키 김은 수현의 부름에 하던 일을 멈추고 대답을 하였다.

"우리 오늘 하루 종일 아무것도 먹지 못했잖아요."

"그렇지."

"나무도 어느 정도 해놓은 것 같으니 형이 좀 마무리해 주세요. 전 혹시 뭐 먹을 것이 있나 섬 좀 돌아보고 올게요."

자신의 생각을 말한 수현은 미키 김의 표정을 살폈다.

비도 오고 또 배도 고픈데 혼자 나무를 하라고 해서 혹시나 짜증을 낼 수도 있기 때문이다.

하지만 예상과 다르게 미키 김은 흔쾌히 허락을 하였다.

"그래, 나머지는 나 혼자 하면 되니……. 그렇지 않아도 아무것도 먹지 못해 배가 고픈데 잘 생각했네. 부탁한다."

미키 김은 비 오는 정글에 먹을 것을 찾아보겠다는 수현의 말이 무척이나 고마웠다.

솔직히 배가 너무도 고팠다. 어제저녁 마닐라에서 먹은 저녁이 마지막 식사였다.

태풍의 영향으로 비행기가 뜨지 못한다고 해서 마닐라에

고립이 되었을 때, 정글 라이프 출연진들에게는 뜻하지 않은 행운으로 작용을 하였던 것이다.

하지만 행운은 어젯밤까지였다.

아침에 잠시 태풍의 영향이 줄어들어 팔라완행 비행기를 타고 루에르토 프린세사에 도착했다.

하루 늦어진 일정 때문에 김정만의 정글 라이프 출연진과 촬영 팀은 아침도 먹지 못하고 곧바로 촬영지로 출발해야만 했다.

그런데 하필 날씨가 도와주지 않아 일곱 시간이면 도착할 거리를 세 시간이나 더 배를 타고 이동해 왔다.

천신만고 끝에 촬영지에 도착을 했지만 이들의 고난은 끝난 것이 아니었다.

비는 계속 오고, 비를 피하기 위해선 어쩔 수 없이 쉘터 역할을 해줄 집부터 만들어야 했다.

그러니 당연 지칠 수밖에 없었고 허기도 졌다.

함께 나무를 하는 조원인 미키 김의 허락이 떨어지자 수현은 하던 작업을 멈추고 VJ 한 명과 함께 길을 나섰다.

"수현 씨! 그런데 정글에 대해서 좀 아세요?"

VJ는 거침없이 앞장서서 걸어가는 수현에게 조심스럽게 질문을 하였다.

다른 출연자들과 다르게 수현은 이번이 정글 라이프 출연 처음이다.

그런데 수현의 행동이 너무도 자연스러워 물어본 것이다.

"아, 네. 그런 것은 아닌데, 처음 정글 라이프 섭외 전화를 받고 인터넷을 뒤져 보며 정글 서바이벌에 관한 자료를 많이 살펴보았거든요."

수현은 마치 산책이라도 하듯 걸으며 VJ의 질문에 대답을 하였다.

"동영상도 찾아보고, 아! 정글 라이프도 첫 회부터 다시 보기로 공부하였습니다."

대답을 하면서 수현은 VJ가 들고 있는 카메라를 보며 미소 지었다.

이 부분은 사실 분량을 위해 일부러 언급을 한 것이다.

이렇게 이야기를 해야 나중에 편집을 당하지 않을 것이란 계산에서다.

실제로도 방송이 나갈 때 이 부분은 자막과 함께 방영이 되었다.

"오, 카사바다."

수현은 길을 걷다 정글 라이프를 보면 자주 등장하는 구황식물인 카사바를 발견했다.

카사바 또는 마니옥이라 불리는 이 다년성 작물은 고구마와 비슷하게 생긴 모양처럼 굽거나 쪄 먹을 수 있어 김정만의 정글 라이프에서 많이 소개가 되었다.

정글 라이프에 출연이 확정되면서 수현은 가장 먼저 정글에서 먹을 수 있는 동식물에 관한 정보를 검색해 보았다.

한편으로는 요즘 요리에 흥미를 느껴 연습하는 중이라 정글 라이프 출연에 맞춰 미뤄두었던 서바이벌 쿠킹 재능도 포인트를 사용해 습득했다.

정글에 가서 어떻게 먹을거리를 해결할까 연습에 매진하기 위함이었다.

그 때문인지 먼저 레벨을 올렸던 한식이나 일식, 중식 등보다 오히려 뒤늦게 포인트를 사용해 익힌 서바이벌 쿠킹의 레벨이 더 빠르게 올랐다.

카사바를 캔 수현은 그것들을 담기 위해 이미 젖어버려 기능을 상실한 상의를 벗어 중간을 묶어 자루로 만들고는 카사바를 담았다.

"가시죠."

수현은 다시 VJ와 함께 먹거리 탐방에 나섰다.

얼마를 걸었을까? 또다시 수현의 눈에 먹을거리가 눈에 들어왔다.

"오! 사탕수수다."

한참 허기진 상태라 당이 무척이나 당기는 상황이었다.

수현은 조금 전과는 다르게 빠른 걸음으로 사탕수수가 있는 곳으로 달려갔다.

팍!

발견한 사탕수수 하나를 자른 수현은 껍질을 벗겨 입에

넣고 우물우물 씹었다.
"으음! 맛있다."
입안 가득 사탕수수의 수액이 들어왔다.
수현은 자신도 모르게 기쁨의 감탄성을 터뜨렸다.
"작가님도 드셔보세요."
수현은 VJ에게도 들고 있던 정글도로 사탕수수의 껍질을 벗겨 입에 넣어주었다.
"맛있죠?"
마치 친구나 동료에게 이야기하듯 수현은 VJ를 보며 물었다.
VJ는 수현의 질문에 말로 대답하는 대신 들고 있는 카메라를 아래위로 끄덕이며 수현의 물음에 동조를 하였다.
잠시 VJ와 함께 사탕수수의 단맛을 음미한 수현은 빠르게 사탕수수를 수확하기 시작했다.
많은 것은 아니었지만 1.5m 크기의 사탕수수 다섯 개를 수확할 수 있었다.
"가시죠."
카사바에 이어 사탕수수까지 발견을 하자 수현은 기분이 좋아졌다.
"이거 카사바에 이어 사탕수수까지, 운이 좋네요. 이왕이면 이번에는 단백질원도 발견했으면 좋겠네요."
정글 라이프를 보면 열대 과일들도 많이 나오는데, 수현은 이왕이면 이번에는 뜯을 수 있는 고기가 나왔으면 좋겠다는 생각에 VJ를 보며 혼자 떠들었다.

수현의 모습을 담던 VJ는 수현의 이야기에 자신도 모르게 웃었다.

하지만 그런 웃음이 감탄으로 변하기까진 그리 오래 걸리지 않았다.

"잠깐만요. 무슨 소리 못 들으셨어요?"

수현이 무슨 소리를 들었는지 가던 길을 멈추고 VJ에게 물었다.

하지만 VJ는 수현이 떠드는 소리와 빗소리뿐이 듣지 못했기에 듣지 못했다는 표시로 카메라를 좌우로 흔들었다.

그런 VJ의 모습을 본 수현은 다시 뭔가에 집중을 하기 시작했다.

그런 수현의 귓가에 비 내리는 소리를 뚫고 희미하게 닭 우는 소리가 들렸다.

꼬꼬꼬꼬!

"잠시 여기에 계세요."

수현은 들고 있던 자루를 내려놓고 돌멩이 하나를 집어 들었다.

스읔! 스읔!

빗소리에 인기척을 숨길 수 있었지만 그래도 수현은 조심스럽게 닭이 우는 소리가 들리는 방향으로 천천히 접근을 하였다.

수현의 부탁도 있고 해서 VJ는 따라가지 않고 그런 수현의 모습을 카메라의 줌 기능을 이용해 찍었다.

괜히 자신이 수현의 사냥 모습을 찍겠다고 따라갔다가 사냥에 실패를 한다면 큰 낭패였기 때문이다.

촬영이 빡빡하다는 이유로 팔라우 섬에 도착을 하고 밥도 먹지 않고 바로 촬영지로 날아온 때문에 하루 종일 아무것도 먹지 못했다.

자신들이야 당연한 일이지만 출연자들까지 그런 것을 강요한다는 것은 자칫 구설수에 오를 수 있기 때문이다.

실제로 초창기에 악천우에도 불구하고 촬영을 감행하다 출연자가 속한 소속사에서 소송을 걸어온 전례가 있었다.

그러니 최대한 출연자들의 심기를 거스르지 않는 범위 내에서 좋은 영상을 담기 위해 출연자들과 협조를 하기로 방침이 바뀌었다.

한편, 조심스럽게 접근하던 수현은 점차 닭의 소리가 들린 근원지에 가까워지고 있었다.

'있다.'

처음 닭 우는 소리를 들은 곳에서 3시 방향으로 20m 정도 이동을 하여 보니 전방 15~20m 정도 떨어진 곳에서 닭이 비를 피하고 있는 모습이 눈에 띄었다.

더 접근을 할까, 아니면 바로 들고 있는 돌멩이를 던져

잡을까 하는 고민도 없이 수현은 곧바로 닭을 향해 돌멩이를 던졌다.

휘익!

돌멩이는 바람을 가르며 힘차게 날아갔다.

퍽!

빽!

둔탁한 격타음과 함께 닭의 짧은 비명 소리가 울렸다.

"와아!"

촬영에 잡음이 들어가면 안 된다는 원칙도 잊고 VJ는 방금 전 자신이 목격한 수현의 닭 사냥을 보며 감탄을 하였다.

후다다닥!

수현은 닭이 자신이 던진 돌팔매에 맞아 쓰러진 것을 보며 빠르게 달려갔다.

"하하하! 오늘 저녁은 푸짐하겠는데요."

자신이 잡은 닭을 들고 온 수현은 VJ를 보며 소리쳤다.

VJ도 신이 나서 수현이 들어 보이는 닭을 클로즈업하여 찍었다.

시청률을 올릴 좋은 에피소드를 하나 건진 것이다.

"닭도 잡았으니 그만 돌아가죠."

수현은 내려놓았던 상의로 만든 자루를 다시 집어 들었다.

*　　　*　　　*

수현이 먹을거리를 찾아 숲으로 들어간 뒤 미키 김은 수현과 함께 잘라놓은 나무들을 가지고 김정만에게로 갔다.

"정만이 형! 이 정도면 되죠?"

"응, 그런데 수현이는?"

김정만은 자신에게 물어보는 미키 김을 보다 그와 함께 나무를 준비하는 조로 편성했던 수현의 모습이 보이지 않자 물었다.

"네, 수현이는 나무도 어느 정도 준비가 돼서 제가 저녁거리 좀 찾아보라고 보냈어요."

"그래? 알았다. 일단 쓰레기는 다 치웠으니 기둥부터 세우자!"

집터에 쌓여 있던 쓰레기들을 최광희와 함께 치운 김정만은 미키 김이 가져온 나무들을 가지고 집의 뼈대부터 세우기로 하였다.

찌익!

미키 김이 가져온 나무들의 껍질을 벗겨 노끈 삼아서는 나무들을 묶었다.

대학에서 건축과를 나온 김정만이기에 간단하게 집을 짓는 것은 굳이 설계도를 보지 않아도 익숙한 것이었고, 또 함께하는 이들도 이런 김정만과 몇 차례 정글 라이프를 함께 촬영해 봐서 익숙했기에 손발이 척척 맞았다.

"광희야! 거기 야자 잎 좀 가져와라!"

김정만은 반으로 갈라 쌓아놓은 야자 잎을 가리키며 지시를 내렸다.

노담과 유우진이 준비한 지붕과 벽이 될 야자 잎들을 김정만의 지시에 따라 가져다주는 역할을 하는 최광희는 김정만의 호출에 빠르게 야자 잎과 그것을 묶을 끈을 준비해 전달하였다.

너무도 익숙한 일이기에 정글하우스는 빠르게 모습을 갖춰갔다.

"형님!"

집이 거의 완성이 되어갈 무렵 먹거리 탐방을 나섰던 수현이 돌아와 소리쳤다.

"어? 수현아! 뭐 좀……."

김정만은 수현의 목소리에 고개를 돌리며 말을 하다 멈췄다.

"어?"

"와!"

"닭이다."

"와, 그거 어떻게 잡은 거냐?"

김정만을 비롯한 집을 짓고 있던 출연자들은 수현의 한

손에 들린 닭을 보며 감탄하였다.

"하하하! 이놈이 풀 속에서 비를 피해 앉아 있더라고요. 그래서 냅다 돌팔매를 하였죠."

수현은 자신이 닭을 잡았던 과정을 간단하게 설명을 하고는 또 다른 손에 들린 상의로 만든 자루를 들어 보였다.

"이것도 좀 보세요."

"그건 뭐냐?"

닭 외에도 뭔가를 담은 자루를 들어 보이는 수현의 모습에 노담이 호기심을 보이며 다가왔다.

"카사바하고 사탕수수예요."

수현은 노담의 질문에 닭을 내려놓고 자루의 입구를 벌려 내용물을 보여주었다.

"뭐? 사탕수수!"

사탕수수란 말에 노담을 비롯한 출연자들이 소리쳤다.

그렇지 않아도 하루 종일 아무것도 먹지 못해 뭐라도 먹고 싶었는데, 달달한 사탕수수를 보니 눈이 커진 것이다.

"일단 맛 좀 보죠."

수현은 거의 다 지어진 집을 보며 이야기하였다.

수현은 사탕수수를 적당한 크기로 잘라 기다리는 사람들에게 나눠 주었다.

커다란 사탕수수 줄기를 다섯 개나 가져왔기에 출연자들 외에 촬영 팀에도 사탕수수가 돌아갈 수 있었다.

*　　　*　　　*

"아하! 잘 먹었다."

김정만은 저녁 시간이 다 되어서야 이뤄진 오늘의 첫 식사가 끝나자 기분 좋게 한소리 하였다.

그런 김정만을 필두로 노담이나 유우진, 그리고 미키 김 등도 모두 입가에 미소를 지으며 고개를 끄덕이거나 동조하였다.

그도 그럴 것이, 이들이 먹은 한 끼는 장시간 비를 맞아가며 이동을 하고, 비를 피하기 위해 집을 짓는 등 하루 종일 이어졌던 고된 작업의 피로를 푸는 데 전혀 모자라지 않았다.

수현은 야생 닭과 카사바, 사탕수수를 챙겨서 돌아오는 길에 야생에서 자라는 고추도 발견을 하여 따 왔다.

그렇게 야생에서 잡고 캐온 것들을 가지고 서바이벌 쿠킹 재능을 이용해 닭백숙을 하였다.

다만 주재료인 닭이 한 마리뿐이라 장정 여섯 명이 먹기에는 상당히 부족해 물을 적정량보다 더 많이 부었다.

그 때문에 닭백숙은 백숙이라고 하기보단 닭 스프에 가까운 형태가 되었지만, 대신 부족한 양을 카사바로 채워 여섯 명이나 되는 대인원이라도 닭 한 마리로 충분히 요기를 할 수 있었다.

더욱이 야생에서 자라던 고추를 넣어서 그런지 온몸에서 화끈한 열기가 솟아 장시간 비를 맞아 냉기가 느껴지던 몸을 달궈주었다.

"수현이 덕에 잘 먹었다."

"그러게 말이에요. 얼굴도 잘생기고, 키도 위너인데다 노래도 잘해, 연기도 잘해, 이제는 요리까지. 도대체 못하는 것이 뭐가 있냐?"

노담에 이어 유우진까지 수현이 끓인 야생 닭백숙에 감탄하며 수현을 칭찬했다.

"혜진이도 같이 먹었으면 좋았을 텐데……."

김정만은 함께 출발했던 전혜진이 장시간 비를 맞은 영향으로 현재 의료팀 캠프에서 요양하고 있는 것 때문에 마음이 불편했다.

아픈 것도 아픈 것이지만 수현이 끓인 닭백숙을 함께 먹지 못한 것에 대한 아쉬움도 컸던 것이다.

그런 김정만의 말에 가까이 있던 수현이 대답을 하였다.

"걱정하지 마세요. 혜진 씨 것은 따로 한 그릇 덜어놨어요. 조금 있다가 혜진 씨 위문 가면서 가져다주면 돼요."

"어! 그래! 역시 기사단장님은 배려심도 깊어!"

별다른 활약이 없었던 최광희가 얼른 수현의 멘트를 받으며 끼어들었다.

사실 최광희는 이번 김정만의 정글 라이프 최강자 특집하고는 영 이미지상 맞지 않는 캐릭터였다.

초기 촬영 때 중간에 힘이 들어 포기하였다가 마음을 잡고 재합류한 적도 있었다.

그리고 그보다 뒤에 찍은 시베리아 촬영에서는 너무도 고되고 힘든 여정에서 부상을 당해 중간에 하차를 하기도 했었다.

그 뒤로 특집에 몇 번 나오기는 했지만 매번 별다른 활약을 하지 못했었다.

그러다 이번 5주년 특집에 기획사의 노력으로 이미지 변신을 위해 참여를 한 것이다.

그 때문에 최광희는 출발 전 기획사에 불려 가 모종의 지시를 받았다.

어떻게 하든 김정만의 정글 라이프에서 떨어진 이미지를 반전시키라는 지시를 받았고, 또 본인 또한 5년 전에 심어진 약골 이미지를 탈피하기 위해 각오를 다지고 이곳에 왔다.

하지만 하늘이 무심하여서인지, 가는 날이 장날이라선지 필리핀의 우기 끝자락에 태풍이 겹치면서 엄청난 비를 맞으며 촬영지로 오게 되었다.

오는 내내 비를 맞으며 오다 보니 강인한 여전사 이미지로 제2의 전성기를 맞고 있던 전혜진임에도 그만 감기 기운으로 촬영지에서 이탈을 하였다.

사실 최광희도 정상적인 상태가 아니었다.

그렇지만 벌써 멤버 한 명이 건강 상태가 좋지 않아 빠진 상태에서 자신까지 빠지게 되면 촬영에 악영향을 줄 것 같아 억지로 참고 있었다.

그러다 보니 촬영 내내 힘이 없고, 방송에 적합한 그림을 보여주지 못했다.

그러던 중 오늘 처음으로 먹은 식사에서 생각지도 못한 영양분을 보충한데다 또 뜨거운 국물이 몸으로 들어가 감기 기운도 달아나는 듯하여 어느 정도 기운을 차릴 수 있었다.

그렇게 기운을 차린 최광희는 오늘 촬영 중 자신이 제대로 활약을 한 것도 없고, 그러다 보니 방송 분량을 뽑지 못했다는 생각이 들어 이렇게 감초처럼 이야기에 끼어든 것이다.

"다 먹었으면, 말 나온 김에 혜진이 문병 가자!"

김정만은 다들 어느 정도 식사가 끝난 듯 보이자 이야기하였다.

하지만 그런 김정만의 제의는 수현의 한마디에 수포로 돌아갔다.

"아직 후식 남았는데요."

"후식?"

"뭐! 후식도 있어?"

수현의 후식이 있다는 소리에 멤버들의 눈빛이 반짝였다.

그도 그럴 것이, 조금 전에 먹은 야생 닭백숙은 정말이지 그동안 김정만의 정글 라이프를 촬영하는 동안 먹었던 식사들 중에서도 손에 꼽을 정도로 맛있는 식사였다.

그런데 그런 맛 좋은 음식을 만든 요리사가 후식을 준비했다니 반갑지 않을 수가 없었다.

"뭔데?"

"또 어떤 것으로 우리의 입을 즐겁게 해주려고……."

사람들이 기대를 한껏 담아 수현을 쳐다보았다.

많은 사람들의 시선이 자신에게로 향하자 수현은 빙그레 미소를 지으며 모닥불 위에 끓고 있는 반합을 가져와 멤버들의 앞에 내려놓았다.

"와!"

반합을 임시로 만든 테이블에 올리고 뚜껑을 열자 안에서 달달한 내음이 확 풍겨왔다.

"사탕수수도 있고 해서, 카사바로 맛탕을 좀 만들어봤습니다."

"뭐, 맛탕! 와! 이것을 여기서 또다시 맛보게 되다니……."

김정만은 언젠가 자신이 한 번 했던 간식이 또다시 나오자 감회가 새로웠다.

사실 수현도 김정만의 정글 라이프 애청자였기에 만들어

볼 생각을 떠올릴 수 있었다.

"이것도 혜빈이 몫은 따로 빼놓은 거냐?"

유우진이 카사바 맛탕을 집어 먹으며 물었다.

"아! 그건 방금 완성한 것이라 미처 빼놓지 못했네요."

"그래? 음……."

맛탕을 입에 가져가면서 유우진은 고민하는 듯 한참을 그렇게 말이 없었다.

하지만 그의 입에는 계속해서 카사바 맛탕이 들어가고 있었다.

"맛탕은 양이 적으니 다음에 네가 따로 해줘라!"

"하하하!"

"하하!"

유우진은 역시나 개그맨이라 그런지 장내를 웃음바다로 만들었다.

아침부터 내리던 비는 아직도 그칠 기미가 보이지 않고 있었다.

그러나 촬영장 분위기는 수현의 요리 덕분에 마치 잔칫집에 온 듯 떠들썩하기 그지없었다.

〈『스타 라이프』 제7권에서 계속〉

종비묵시록
더 리터너
기망하다
책향기
폭력의 잔재
Bondage Marriage
BOOKS
로그인
로맨스
판타지·무협
BL
종이책
이벤트
파문
강력 추천! 종이책
사랑도 아니면서
김제이
처음부터 너...
소낙연
신간

BBULMEDIA

BBULMEDIA